소드마스터 힐러님
침략자 퓨전 판타지 장편소설
WISHBOOKS FUSION FANTASY BOOKS

3

침략자 퓨전 판타지 장편소설

초판 1쇄 찍은 날 | 2019년 3월 8일
초판 1쇄 펴낸 날 | 2019년 3월 15일

지은이 | 침략자
펴낸이 | 예경원

기획 | 위시북스
편집책임 | 이규재
편집 | 위시북스

펴낸곳 | 예원북스
등록번호 | 제396-2012-000132호
등록일자 | 2012. 7. 25
KFN | 제1-379호

주소 | 경기도 고양시 일산동구 호수로 646-24 위너스21II빌딩 206A호 (우)10401
전화 | 031-819-9431 팩스 | 031-817-9432
E-mail | yewonbooks@naver.com

ISBN 979-11-6424-177-4 04810
979-11-6424-130-9(set)

※ 이 도서의 국립중앙도서관 출판시도서목록(CIP)은 서지정보유통지원시스템 홈페이지(http://seoji.go.kr)와 국가자료공동목록시스템(http://www.nl.go.kr/kolisnet)에서 이용하실 수 있습니다.

Wish Books

소드마스터 힐러님

침략자 퓨전 판타지 장편소설

WISHBOOKS FUSION FANTASY BOOKS

3

소드마스터 힐러님

CONTENTS

1장
고립

"시체다."

시체들이 쌓여서 작은 산을 이루고 있었다. 마치 산 제물을 바쳐 악마를 소환하는 제단처럼 섬뜩한 분위기를 풍겼다.

"김 팀장님, 마물이 시체를 가지고 장난치는 경우는 드물지요?"

"관리국에 별도로 보고된 내용은 없는 걸로 압니다."

성준의 물음에 현성이 대답했다.

-경고로 보입니다.

리슈발트가 말했다. 성준은 작게 고개를 끄덕였다.

은주는 조심스럽게 뒤로 물러나 성준에게 다가왔다.

"매복은 없는 것 같은데…… 강성준 씨의 의견은 어때요?"

그녀는 성준에게 의견을 구했다. 그 모습만 봐도 성준에 대한 은주의 신뢰가 크게 상승했다는 사실을 알 수 있었다.

성준의 날카로운 시선이 어둠 속을 훑었다.

"기척은 없지만 무영 살객이 또 있을 수도 있으니까 조심해야 합니다."

성준이 말했다. 당장 느껴지는 기척은 없었지만 무영 살객과 같은 전투력을 포기하고 은신에 특화된 마물이 있을 수도 있었기 때문에 조심스러운 태도를 고수했다.

"일단 시체를 정리하죠. 저렇게 그냥 놔두는 건 아닌 것 같아요."

모두가 은주의 의견에 동의했다. 은주가 2명의 헌터와 함께 주변을 경계하는 동안 남은 헌터들이 쌓여 있는 시체들을 한 줄로 눕혔다.

가지고 있는 천이 부족해서 시체들을 덮어주지는 못했다.

"양동진입니다."

시체를 수습하던 현성은 S급 헌터 양동진의 신원을 확인했다.

"계속 전진합니까?"

어떤 헌터가 물었다. 시체들의 처참한 몰골에 의지가 꺾인 듯 목소리에는 힘이 없었다. 은주는 고개를 들어 올렸다.

브리핑룸에서 현성은 침식 던전이 빠르게 영역을 확장하고 있다고 말했다. 가설에 불과하지만 지하에서 일정 영역 이상을 확장한다면 지상으로 진출하여 레이드 상황과 같은 일이 벌어질지도 모른다고 했었다.

"김현성 팀장님……."

은주의 시선이 현성에게 향했다. 그는 차분한 표정으로 입을 열었다.

"무리하지 않으셔도 됩니다."

현성은 솔직하게 대답했다. 던전이 광범위하게 주변을 침식하고 있다고는 하지만 무리하다가 S급 헌터인 은주와 유망주인 성준을 잃으면 그것은 더 큰 손실이라고 생각하고 있었다.

"돌아가죠. 더 이상의 진행은 무리에요."

"팀장님의 의견에 동의합니다."

"휴, 살았다!"

은주의 의견에 모두가 동의했다.

그들은 서둘러 왔던 길을 되짚었지만 곧 절망하고 말았다.

"길이 막혀 있습니다!"

지상으로 향하는 계단이 있는 곳, 문이 닫혀 있었다.

돌로 만들어진 문은 한눈에 보기에도 쉽게 열 수 있을 것 같지 않았다. 특수한 마법진이 각인되어 있는 것인지 은주의 강력한 오러에도 손상을 거의 입지 않았다.

"보스를 잡을 수밖에 없겠네요."

성준이 말했다.

보통 이런 경우에는 보스를 잡고 던전의 공략을 끝내야 문이 열린다. 어쩔 수 없이 공략을 진행해야 한다는 사실에 은주는 입술을 살짝 깨물었다.

"팀장님, 저희 고립된 겁니까?"

"아무 일도 없을 거예요. 너무 걱정하지 마세요."

은주는 다른 헌터들을 안심시켰다.

"계속 진행할게요."

파티가 다시 움직였다. 던전 깊숙이 진입할수록 마물들의 저항은 거세졌다. 두 차례 더 전투를 치렀지만 성준의 활약 덕분에 사망자는 나오지 않았다. 총 3명의 부상자가 발생했지만 성준의 힐량이 우수해서 그것도 금세 회복되었다.

성준도 적극적으로 전투에 참여한 덕분에 동조율이 22%가 되었다.

"끝이 보이지 않네요."

휴식 시간, 은주는 성준의 옆에 앉으며 힘없는 목소리로 말했다. 이런 던전은 그녀도 처음이었기 때문에 평정심을 유지하기 힘들었다.

등장하는 마물들의 수도 많고 등급도 높았다.

"그래도 성준 씨가 있어서 다행이에요."

그나마 성준이 차분한 모습을 보이고 있는 덕분에 그녀는 물론이고 '디케'의 다른 헌터들도 침착할 수 있었다.

그의 힐량이 좋아서 사망자가 적은 것도 한몫했다. 목숨을 잃은 헌터가 많았다면 파티의 의지가 꺾였을 것이다.

"그렇습니까?"

"네, 회복계라서 전투 능력을 기대하지 않았는데, 힐량도 좋고 웬만한 A급보다 잘 싸우시는 것 같아요. 이렇게 잘 싸우는 회복계 헌터는 처음 봐요."

은주의 말에 성준은 입가에 가벼운 미소를 머금었다. 인정받는다는 건 기분이 좋은 일이었다.

"그리고 성준 씨의 기척 감지 덕분에 저희가 위기를 넘긴 것도 한 번이 아닌걸요. '디케' 팀원 모두가 고마워하고 있어요."

"감사 인사는 나중에 듣겠습니다."

성준은 일어나면서 검을 뽑아 들었다.

"마물들이 오고 있는 것 같습니다."

"근처에는 아무것도 없었는데……."

은주는 경악했다. 안전하게 쉬기 위해서 일부러 30분 정도 거리를 두고 물러나서 휴식을 취했다. 주변에는 마물이 없었기 때문에 지금 모습을 드러낸 마물들은 파티를 추격한 것이라고 볼 수 있었다.

"일반 던전과 다르긴 하네요."

은주가 작은 목소리로 중얼거리다시피 말했다.

일반 던전의 마물들은 정해진 구역을 벗어나지 않는 경우가 대부분이었다.

"옵니다!"

누군가 외쳤다.

어둠 속에서 정령 형태의 마물이 내뿜는 특유의 빛이 반짝였다. 그들이 점차 가까워지자 성준이 앞으로 나섰다.

"슬래시!"

시동어와 함께 검을 크게 휘두르자 오러를 머금은 참격이 직선으로 쏘아졌다. 화염 광전사들이 방패를 들어 올렸지만 오러 참격은 불꽃이 깃든 방패를 절단하고 화염 광전사의 몸을 반 토막 냈다.

화염 광전사 셋이 일격에 쓰러졌다.

"블레싱!"

영미의 목소리가 던전 안에 울렸다. 헌터들의 무기에 오러가 깃들었다. '디케'의 팀원들은 모두 오러 사용자였다.

"흡수."

성준은 마력을 흡수하며 뒤로 몇 걸음 물러나 지원 포지션을 고수했다.

"힐!"

본격적인 전투가 시작되고 성준은 바빠졌다. 그는 부상자가 발생할 때마다 바쁘게 '힐'을 시전했다.

전투가 끝나고 다시 파티가 전진했다.

"다들 피로도가 심해요. 최대한 빨리 보스를 공략해야 해요."

던전 공략 3일째가 되면서 파티원들의 피로도가 심해지고 있었다. 그나마 성준은 '마력 흡수' 덕분에 체력과 마력을 회복할 수 있었지만 다른 이들은 끝이 드러나고 있었다.

중간에 휴식을 취해서 회복하는 것도 한계가 있었다.

"오늘 정규 공략팀 하나가 들어오기로 했지만 통로가 막혀 버렸으니…… 지원을 기대하긴 어려울 것 같습니다."

은주와 성준이 앉아 있는 곳에 현성이 다가왔다. 절망적인 소식을 주변에 전파하지 않기 위해서 작은 목소리로 말했지만 이미 다른 헌터들도 지금 상황이 좋지 않다는 것을 충분히 인지하고 있었다.

"다들 지쳐 있어요. 길게 끄는 건 좋지 않아요."

던전이 넓다는 말을 듣고 식수와 식량은 충분히 챙겼지만 체력의 한계는 분명했다. 은주는 우려를 표했고 성준도 고개를 끄덕이며 동의했다.

지금보다 빠르게 진행하고 싶었지만 헌터들은 너무 많이 지쳐 있었다.

"진행할게요."

짧은 휴식이 끝났다는 것을 전파하는 은주의 목소리가 울려 퍼지자 헌터들은 힘겹게 일어났다. 많이 지쳐 있었지만 모두가 은주를 믿고 따르고 있었기 때문에 불평과 불만을 이야기하는 목소리는 없었다.

"이, 이게 뭐야……?"

은주와 함께 선두에서 파티를 인도하던 전투계 헌터가 발걸음을 멈췄다. 그는 믿을 수 없다는 표정으로 말했다.

그의 앞에는 두 개의 통로가 있었다. 갈림길이었다.

"가, 갈림길이 있어……?"

"던전은 다 일방통행 아니었어?"

헌터들도 당황했다. 일반적으로 던전은 갈림길이 없는 일방통행이었다.

"리슈발트."

성준은 대열에서 조금 떨어진 곳으로 잠시 물러나 자신의 충직한 영혼 부관을 호출했다. 리슈발트라면 어느 길이 진짜인지 정찰을 갔다 올 수 있을 것이라 생각했다.

"정찰 가능해?"

성준은 아주 작은 목소리로 물었다.

하지만 리슈발트는 고개를 저었다.

-죄송합니다, 주군. 마력의 장막이 있어서 제가 주군에게서 떨어질 수 없습니다.

리슈발트는 동조율이 오르면서 멀리까지 정찰할 수 있는 능력이 생겼지만 마력의 간섭이 있으면 성준에게서 떨어져 이동할 수 없었다.

"괜찮아."

성준은 도움이 되지 못해서 무력감에 고개를 숙인 리슈발트를 다독인 뒤 은주를 향해 발걸음을 옮겼다.

그녀는 현성과 현 상황에 대해 의논하고 있었다.

"은주 씨."

성준은 조심스럽게 은주를 불렀다. 그녀의 시선이 성준에게 향했다.

"제가 정찰을 다녀오겠습니다."

"성준 씨가요?"

"네. 저는 은신 아이템이 있어서 위험해지면 바로 물러날 수 있습니다."

성준은 왼손에 끼고 있는 반지 아이템, '칠흑의 장막'을 보여 주었다.

"안 돼요. 혼자 보낼 수는 없어요. 너무 위험해요."

은주는 고개를 저으며 반대했다.

"하지만 파티가 함께 이동하면 위험에 직면했을 때 바로 도망치기 힘듭니다. 저는 은신 아이템이 있으니까 마물과 마주쳐도 물러날 수 있고 고립되더라도 버틸 수 있습니다."

성준의 설명에도 불구하고 은주는 고개를 저었다. 한참 동안이나 말이 없던 그녀는 뭔가를 결심한 표정으로 입을 열었다.

“저도 갈게요.”

“팀장님?”

은주의 선언에 헌터들이 깜짝 놀랐다.

“저도 은신 아이템이 있고 우리는 같은 파티예요. 성준 씨만 위험을 부담하게 할 수는 없어요. 저도 함께 갈 거예요.”

은주는 단호하게 말했다. 헌터들은 놀랐지만 그녀의 성격을 잘 알고 있기 때문일까? 반대하는 목소리를 내는 헌터는 없었다.

“정말 동행하실 생각이십니까?”

“디케 팀원들은 제 가족이에요. 가족을 지키는 일을 남에게만 맡길 수는 없죠. 그리고 혼자 고립되는 것보단 둘이 더 낫지 않을까요?”

“알겠습니다. 함께 가죠.”

“제가 발목을 잡는 일은 없을 거예요.”

성준의 허락에 은주가 미소를 지으며 말했다.

그녀는 S급 헌터였다. 그래서 발목을 잡을 일은 없을 것이라고 성준은 생각했다.

“강성준 씨, 괜찮으시겠습니까?”

은주가 준비를 서두르는 동안, 현성이 성준에게 다가와 물었다. 그는 진심으로 성준을 걱정하고 있었다.

“걱정해 주는 겁니까?”

“당연하죠. 너무 무리하진 마세요.”

"별일 없을 겁니다."

성준은 현성과의 짧은 대화를 끝내고 짐을 점검했다. 점검이 끝나기 무섭게 은주가 합류했다.

"다들 여기서 쉬고 있어요. 금방 돌아올게요."

은주는 헌터들에게 지시를 내린 뒤 성준과 함께 오른쪽 통로로 진입했다. 드론 2기가 조명으로 어둠을 밝혔다.

30분 정도 걸었을까?

길게 이어지는 복도는 끝이 보이지 않았다. 슬슬 돌아갈까 싶었지만 두 사람은 조금만 더 정찰을 해보기로 했다.

"이제 돌아갑시다."

아무것도 발견할 수 없었고 끝은 보이지 않았다. 성준은 이만 정찰을 끝낼 것을 제안했고 은주도 고개를 끄덕였다.

"돌아가요."

왔던 길을 되돌아가던 그들은 얼마 지나지 않아서 발걸음을 멈추게 되었다.

"뭔가 있죠?"

"뭔가가 돌아가는 길을 지키고 있습니다."

은주의 물음에 성준은 고개를 끄덕였다. 그는 조명 드론의 작동을 정지시켰다.

"아무래도 마물들이 우회해서 돌아가는 길을 지키고 있는 것 같네요. 제가 정찰을 다녀오겠습니다."

"조심하세요."

은주의 걱정스러운 시선을 받으며 성준은 대답 대신 고개를 끄덕였다. 그리고 왼손에 끼고 있는 '칠흑의 장막'에 마력을 주입했다.

"은신."

그의 몸이 어둠 속으로 녹아들었다. 그는 차분하게 걸음을 옮겼다. 시야가 어둠에 익숙해지자 지형의 윤곽이 보였다. 그리고 얼마 지나지 않아서 돌아가는 길을 막고 있는 빛무리를 발견할 수 있었다. 정령 특유의 발광 때문에 그들의 모습을 알아볼 수 있었다.

'제기랄.'

성준은 욕설을 내뱉었다. 분명 은신 상태였지만, 눈이 마주쳤다.

잠시 후, 눈이 마주쳤다고 생각한 것은 단순한 착각이었음을 알아챘다. 성준은 안도했다.

그는 적들의 수를 파악하며 차분하게 뒤로 물러났다.

'혹한 마법 군주.'

S급 마물이다. 주변에 A급 마물들의 모습도 다수 보였고 또 다른 S급 마물인 '용암 대전사'와 '폭풍 군주'도 보였다.

'차라리 보스방에 몸을 던지는 게 더 낫겠어.'

S급 마물의 수가 셋이나 되었고 A급 마물의 수도 너무 많았

다. B급 마물도 20마리 이상 되는 것 같았다.

이 정도면 '무리'가 아니라 '군대'에 가까웠다.

'이길 수 없다.'

은주가 합류해도 이길 수 없다. 성준은 확신했다. 그는 은신 상태를 유지한 채 조심스럽게 뒤로 물러나서 은주와 합류했다.

"어떻게 되었어요?"

은주는 어둠 속에서 모습을 드러낸 성준을 보며 물었다. 좋은 소식을 기대하고 있었지만 그는 긍정적인 대답을 할 수 없었기에 힘없이 고개를 저었다.

"이길 수 없습니다. 다른 길을 찾아봐야 할 것 같습니다."

"다른 길이 있을까요?"

"갈림길이 있는 것부터 일반 던전과 다릅니다. 그리고 마물들도 우회한 게 분명해요. 다른 길이 있을 겁니다."

성준은 긍정적으로 말했지만 그것은 아득한 바람에 불과했다.

"네, 같이 힘내요."

은주는 밝은 목소리로 말했지만 성준은 그녀의 부드러운 눈웃음 뒤에 숨어 있는 절망의 그림자를 엿볼 수 있었다.

던전에서의 고립, 그것은 S급 헌터라고는 하지만 일반 던전만 공략해 온 그녀에게 있어서도 처음 있는 일이었다.

죽을지도 모른다는 두려움과 비슷하면서도 조금은 다른 감정이 전신을 지배했다.

그렇게 그들은 절망을 품은 채 다시 걸음을 옮겼다.

"벌써 자정입니다."

온통 어두워서 시간 개념을 상실한 상태였지만 시계가 있어서 시간을 알 수 있었다. 성준이 시간을 알리자 은주는 발걸음을 멈췄다.

"벌써 그렇게 되었어요?"

"네."

은주의 물음에 성준은 고개를 끄덕이며 대답했다. 힘든 시간을 함께 보낸 덕분에 두 사람은 던전에 처음 들어왔을 때보다 많이 친해져 있었다.

"근처에서 안전을 확보한 다음에 노숙하죠."

"좋아요."

성준의 제안에 은주도 찬성했다.

두 사람은 근처를 살핀 끝에 석실의 모서리에서 은박지 같은 모습의 담요를 펼쳤다. 생긴 건 특이하고 얇지만 보온 기능이 탁월한 담요였다.

"제가 먼저 불침번을 설게요."

은주가 말했다.

던전 같은 곳에서 노숙할 때는 마물들의 습격에 대비할 불침번이 필요했다.

"아뇨. 은주 씨가 먼저 쉬는 게 좋을 것 같습니다. 오늘 많이 피곤하셨죠?"

성준이 보기에 오늘 은주는 많이 지쳐 보였다. 지금까지 보고된 적 없는 새로운 던전에서 끔찍한 일들을 겪었으니 지칠 법했다.

"고마워요."

은주는 성준의 호의를 거절하지 않았다. 오늘 여러 일을 겪은 탓에 많이 지쳐 있었던 게 사실이었다.

당장에라도 누워서 쉬고 싶었다. 그런 상황에서 성준의 제안은 정말 고마웠다.

은주는 담요를 덮고 누웠다.

성준은 그녀에게서 조금 떨어진 곳에서 조명등을 놓고 드론을 작동시켰다. 2대의 드론이 주변을 순찰하면서 어둠을 밝혔다.

-안전합니다.

리슈발트가 보고했다. 마력의 간섭이 여전했지만 석실 내부 정도는 홀로 살펴볼 수 있었다.

"수고했어."

-마땅히 해야 할 일을 했을 뿐입니다.

리슈발트는 고개를 숙였다. 뒤에선 은주가 뒤척이며 쉽게 잠을 이루지 못하고 있었다. 한참이나 몸을 뒤척이던 그녀는 결국 잠을 이루지 못하고 일어났다.

"성준 씨…… 잠이 오지 않아요."

그녀는 성준에게 다가갔다.

던전 공략이 계속되면서 그녀의 체력은 고갈되었고 정신은 피폐해져 있었다. 그녀는 S급 헌터였지만 이런 경우는 처음이라서 내성이 부족했다.

두렵다. 무섭다. 죽기 싫다.

혼재된 감정을 입으로 말하지는 않았지만 온몸으로 표현하고 있었다.

"걱정하지 마세요. 아무 일도 없을 겁니다."

성준은 불안한 상태의 은주를 다독여 주었다. 그녀가 S급 헌터가 아니라 평범한 여자였다면 진작 미쳐 버렸을 것이다.

헌터라고 해도 지금까지 버틴 것이 대단했다.

끝없는 어둠과 예상하지 못한 강한 적들, 동료의 죽음과 며칠째 고립된 상황은 단련된 헌터조차 미치게 만들기에 충분했다.

"성준 씨……."

극한까지 내몰리면서 강인한 모습은 사라지고 의존적인 내면이 고개를 들었다. 성준은 가까이 다가온 은주의 손을 잡았다. 그리고 차분한 표정으로 입을 열었다.

"정신 똑바로 차리세요. 내가 옆에 있는 한 아무 일도 없을 겁니다."

차분하면서도 강한 확신이 담겨 있는 힘 있는 목소리는 불안해하는 은주를 진정시키기에 충분했다.

그녀는 자신감 넘치는 성준의 모습에서 불안함 감정을 조금이나마 덜어낼 수 있었다.

"제가 못난 꼴을 보였네요."

은주는 힘든 상황에도 불구하고 배시시 웃으며 분위기를 환기시켰다. 그 모습을 보며 성준도 입가에 미소를 머금었다.

"웃으니까 얼마나 보기 좋습니까? 계속 웃으세요."

"노력해 볼게요."

이렇게 힘든 상황에서 계속 웃으라는 것은 힘든 요구일지도 몰랐다. 하지만 은주는 기뻤다. 자신을 생각해 주는 성준의 다정한 마음을 느낄 수 있었기 때문이었다.

하지만 그럼에도 불구하고 은주는 흔들리고 있었다.

'이대로는 도움이 안 돼.'

은주의 멘탈이 붕괴될 경우 전투에서 도움이 되지 않을지도 몰랐다. 그래서 성준은 귀찮지만 그녀의 멘탈을 케어해 주기로 마음먹었다.

"은주 씨."

"네?"

"취미가 뭐예요?"

정말 뜬금없지만 던전에서 정신이 무너진 사람들을 케어할 수 있는 가장 좋은 방법은 외부의 이야기를 꺼내서 관심을 잠깐이나마 다른 곳으로 돌리는 것이었다.

"취, 취미요? 풉……."

갑자기 취미를 묻는 성준의 의도가 뻔해 보였을까? 그녀는 대답 대신 웃음을 터트리고 말았다.

정규 공략팀을 이끌고 있기 때문에 던전에서 정신이 손상된 헌터를 케어하는 방법에 대해 그녀도 알고 있었다.

"아, 죄송해요."

그녀는 바로 사과했다.

"미안하면 대답이나 해주시겠습니까? 이렇게 노력하고 있는데……."

성준은 어색한 미소와 함께 말했다.

그것을 보는 리슈발트는 신난 표정이었다. 전생에서는 볼 수 없었던 모습이었기 때문에 즐거웠다.

전투가 시작되거나 누군가 시비를 걸 때면 전생의 모습이 강하게 나왔지만 평소에는 그렇지 않았다.

"제 취미는 영화 감상이랑 쇼핑이에요."

20대 여자다운 평범한 취미였다. 쇼핑 같은 경우엔 경제적인 여유가 있는 여성 헌터들이 많이 가지는 취미 중 하나였다.

"성준 씨는 취미가 뭐예요?"

이번에는 은주가 두 눈을 빛내며 물었다.

"딱히 취미가 없습니다."

"그게 뭐야, 재미없어요."

은주는 귀엽게 눈을 흘겼다. 짧은 대화였지만 은주는 활기를 되찾았다. 긴장이 풀리자 잠이 오는 것인지 그녀는 성준의 옆에 담요를 깔고 누웠다.

"성준 씨, 여기서 나가게 되면 같이 영화 보러 가요."

"그거 사망 플래그 아닙니까?"

"저는 그런 거 안 믿어요."

성준의 농담에 은주는 단호하게 말했다.

"우린 반드시 살아서 나갈 거니까요."

"물론입니다."

성준은 미소를 지었다.

'기운을 차린 것 같아서 다행이야.'

은주가 전투 중에 발목을 잡는 최악의 상황은 면한 것 같았다. 하지만 여전히 불안한 마음이 조금 남아 있는 것인지 그녀는 쉽게 잠들지 못했고 두 사람은 오전까지 대화를 나누었다.

오전 8시가 되자 두 사람은 공략을 진행하기 위해 다시 발걸음을 재촉했다. 30분 정도 앞장서서 분주히 나아가던 성준은 전방에서 다수의 기척을 느끼고 걸음을 멈췄다.

"마물인가요?"

은주의 물음에 성준은 고개를 끄덕이며 입을 열었다.

"우회는 힘들 것 같네요. 싸워야 합니다."

성준은 검을 뽑아 들었다. 마물들이 눈치챌 수도 있기 때문에 오러를 시전하지는 않았다. 그는 전방을 주시하며 참격을 사용하기 위한 최적의 자세를 취했다.

"제가 참격으로 대형을 망가트리겠습니다. 그러면 바로……."

"제가 돌격할게요."

"저도 합류하겠습니다."

계획이 세워졌다. 성준이 참격을 위해 검에 오러를 부여하자 전방에서도 마력의 유동을 느낀 마물들이 전진하기 시작했다.

하지만 성준은 이미 준비를 끝낸 뒤였다.

"슬래시!"

시동어를 내뱉으며 크게 검을 휘둘렀다. 전방을 향해 직선으로 쏘아지는 참격에 뒤이어 은주가 백색의 오러로 빛나는 대검을 들고 달려갔다.

참격에 당한 화염 광전사들이 쓰러지면서 마물 무리의 진형이 엉망이 되었다. 화염 광전사들의 몸을 자르고 지나간 오러 참격은 후방에 있던 얼음 저격수들의 상체와 하체까지 분리시켰다.

"하앗!"

은주가 기합과 함께 대검을 휘둘렀다. 진형을 회복하려고 움직이던 마물들이 힘없이 쓰러졌다. 고속 이동술을 사용해 빠르게 거리를 좁힌 성준이 합류하자 이십이 넘던 마물 무리는 순식간에 전멸했다.

"보스방인 것 같네요."

은주가 말했다.

마물 무리를 쓰러트리고 전진하자 눈앞에 거대한 철문이 나타났다. 그 너머에 보스가 있는 게 분명했다.

"그런 것 같습니다."

"둘이서 가능할까요?"

"걱정하지 마세요. 제가 있습니다."

성준은 미소를 지으며 말했다. 여차하면 동조율을 극한까지 끌어 올릴 생각이었다.

"든든하네요."

은주도 미소를 지었다.

두 사람이 힘차게 문을 열자 2대의 조명 드론이 전방으로 날아갔다. 하지만 내부에는 아무것도 없었다.

"보스가⋯⋯ 없는 걸까요?"

은주는 조심스럽게 안으로 들어가며 말했다. 어쩌면 그것은 그녀의 바람일지도 모르겠다.

성준은 고개를 저었다.

"그럴 리가 없다는 걸 알고 계시잖습니까? A급 마물이 마구 쏟아지는 던전입니다. 관리국은 A급 던전으로 규정지었지만 사실상 S급 던전으로 봐야 합니다."

성준은 리모컨으로 드론을 조작해서 주변을 순찰하게 했다. 하지만 아무것도 보이지 않았다.

"무영 살객이 보스일까요?"

"아니요. 무영 살객은 S급 상위 개체로 분류되지만 전투 능력은 하위 수준입니다. 순전히 은신 능력이 전부인 마물이 S급 던전의 보스로 출현할 리가 없습니다."

성준의 시선이 천장을 훑었다. 어디선가 희미한 기척이 느껴지는 것 같았지만 선명하지 않아서 쉽게 추적할 수 없었다.

긴장감이 어깨를 무겁게 짓눌렀다.

성준은 굳은 얼굴로 입을 열었다.

"아마도 보스가 등장한다면…… 정령 군주 정도가 적당할 것 같습니다."

정령 군주는 S급 마물 중에서도 일반 개체로 분류되었다. 하지만 모든 속성을 다루기 때문에 전투력은 상위 개체와 맞먹을 정도였다.

"정령 군주라면 은신 능력도 있겠네요?"

"물론입니다. 암흑 속성도 다루니까요."

"기척은 잡을 수 있겠어요?"

은주가 물었지만 성준은 고개를 저었다.

"힘드네요."

기척을 잡아내기 힘들었다. 그는 잠깐의 고민 끝에 한 가지 결심을 하고 입을 열었다.

"은주 씨, 은신을 사용하세요. 제가 미끼가 되겠습니다."

"성준 씨……."

"제가 더 기척을 잘 읽으니까 대응할 수 있습니다."

"죄송해요……."

"괜찮으니까, 어서요."

성준의 재촉에 은주는 은신 아이템을 사용해서 어둠 속으로 모습을 감추었다. 그리고 얼마 지나지 않아서 성준은 기척을 잡아낼 수 있었다.

"제기랄!"

그리고 동시에 그는 욕설을 내뱉었다.

어둠 속에서 고개를 든 기척은 성준에게 다가오지 않았다. 다른 '어딘가'로 향하고 있었다. 성준이 기척이 느껴진 방향으로 향했을 땐 이미 늦고 말았다.

"아!"

외마디 비명과 함께 피가 튀었다. 은신이 해제되면서 은주와 정령 군주의 모습이 드러났다. 이미 정령 군주의 검이 은주의 복부를 관통한 뒤였다.

성준조차 잡아내기 힘든 정령 군주의 기척을 은주가 감지하는 것은 무리였다. 모습을 드러낸 자를 먼저 노릴 것으로 생각한 게 착오였다.

설마 잠재된 위험 요소를 먼저 노릴 줄이야!

"서, 성준 씨……."

은주는 고통 속에서 붉은 피를 입 밖으로 토해냈다. 그 모습을 본 성준은 망설임 없이 동조율을 극한까지 끌어 올렸다.

-동조율 25%! 제한적이지만 환영검의 사용이 가능합니다!

말 안 해도 알고 있다. 환영검을 사용하는 방법에 대한 기억이 깨어났으니까.

"하앗!"

기합과 함께 고속 이동술을 펼쳐 정령 군주와 거리를 좁혔다. 위협을 느낀 정령 군주는 불의 검을 들어 올리며 은주와의 거리를 벌렸다.

"환영검!"

하지만 성준은 순식간에 쫓아가 환영검을 펼쳤다. 검을 휘두른 순간 6개의 환영검이 6곳의 급소를 동시에 노렸다.

정령 군주는 황급히 방어를 시도했지만 6개의 환영검을 모두 막아낼 순 없었다. 3개의 환영검을 막아냈지만 나머지 3개의 환영검이 인간이었다면 급소였을 부분을 베고 찔렀다.

"끝이다!"

성준은 종언을 선고하며 검을 회수했다. 들어 올린 검이 정령 군주의 미간을 노렸다. 모든 것이 끝났다고 생각한 순간, 정령 군주가 왼손을 들어 올렸다.

그 순간 날카로운 얼음 조각을 머금은 냉기 폭풍이 성준을 덮쳤다.

"크윽!"

위력이 부족한 무영창으로 시전했지만 성준을 물러나게 만들기엔 충분했다. 강철처럼 질긴 특수한 섬유로 만들어진 사제복을 뚫지는 못했지만 얼음 조각이 다리 정면 쪽에 집중적으로 파고들었다.

비록 부상은 입었지만 성준이 물러나는 동안 자세를 정돈한 정령 군주가 성준을 향해 공세를 펼쳤다.

-브레스입니다!

정령 군주가 검술을 펼치면서 이상한 행동을 보이자 리슈발트가 알아채고 경고했다.

정령 군주의 입에서 불꽃이 쏟아졌다.

"큭!"

근접전에 집중하고 있던 성준은 리슈발트의 경고 덕분에 몸을 피할 수 있었다. 화염의 숨결이 성준이 있던 곳을 휩쓸고 지나갔다.

뒤로 물러난 성준을 향해 정령 군주가 손을 들어 올리자 허공에 5개의 얼음 창이 생성되었다. 그가 손을 휘젓자 얼음 창들이 성준을 노렸다.

성준은 얼음 창들을 회피하며 마력을 끌어 올렸다.

-주군! 더 이상 동조율을 초월하면 정신을 잃을 수도 있습니다!

리슈발트가 경고했다. 동조율 25%까지 마력을 끌어 올린 것으로 이미 한계를 아득히 초월한 상태였다.

"어차피 이대로라면 다 죽어."

성준은 단호하게 말하며 마력을 끌어 올렸다. 그 모습을 보며 리슈발트는 도움이 되지 못해 속상하고 분한 마음에 입술을 깨물었다.

-도, 동조율 29%! 더 이상은 정말 위험합니다!

리슈발트의 말에 성준은 마력을 끌어 올리는 것을 그만두었다. 실전 경험이 함께 깨어나면서 전투력은 크게 상승했다.

"하앗!"

성준은 짧은 기합과 함께 고속 이동술을 펼쳐 거리를 좁혔다. 눈으로 좇기 힘들 정도로 빨라진 성준의 속도에 정령 군주는 당황했다.

그는 성준을 견제하기 위해 브레스를 뿜었다. 하지만 뜨거운 화염의 숨결이 향한 곳에 성준은 없었다.

"환영검!"

어느새 정령 군주의 배후로 이동한 성준이 환영검을 펼쳤다.

본래의 환영검은 수십 개의 칼날을 소환하는 고등 기술이며, 환영검무는 수백, 수천의 칼날을 소환한다. 하지만 지금은 동조율이 낮아서 6개의 칼날을 소환하는 게 한계였다.

하지만 그것만으로도 충분히 치명적인 공격이었다.

그워어어어!

정령 군주는 배후의 공격을 전혀 예상하지 못했다. 6개의 환영검이 정령 군주를 처참하게 난자했다.

치명적인 일격을 허용한 정령 군주가 비틀거렸다.

성준은 검을 회수했다. 그리고 다시 자세를 잡았다.

그 모습을 본 리슈발트는 다급한 표정으로 입을 열었다.

-주군! 더 이상 환영검을 사용해선 안 됩니다!

환영검은 마력을 많이 소모하는 탓에 몸에 무리가 가는 기술이었다. 동조율이 낮은 지금 연속해서 환영검을 사용할 경우 치명적인 부작용이 일어날 수도 있었다.

"상관없어."

하지만 성준의 의지는 변하지 않았다. 그의 시선이 정령 군주를 날카롭게 꿰뚫었다.

불의 검이 자신을 향한 순간, 성준은 살기를 개방했다.

……!

응축된 살기는 무려 S급 마물인 정령 군주를 압도했다. 그 틈에 성준은 검을 고쳐 쥐고 앞으로 한 걸음 빠르게 전진했다.

"환영검!"

환영의 칼날들이 정령 군주를 덮쳤다. 저항했지만 왼팔과 오른쪽 다리가 잘렸다. 정령 군주가 힘없이 쓰러졌다.

"끝이다!"

성준은 검을 회수하며 외쳤다.

날카로운 칼날의 끝이 미간을 꿰뚫자 정령 군주는 한 차례 몸을 부르르 떨더니 '핵'과 '마정석'을 남기고 허공에 흩어져 사라졌다.

"흡수."

성준은 고통이 찾아오기 전에 정령 군주의 핵에서 마력을 흡수했다. 소모되었던 체력과 마력이 회복되었지만 여전히 그는 지쳐 있었다.

정령 군주와의 전투에서 소모가 너무 컸다.

"크윽!"

마력을 흡수하면서 긴장이 풀리기 무섭게 끔찍한 고통이 기습해 왔다. 정신이 아득해질 정도였다. 지금까지 동조율을 초월하면서 느껴본 고통 중에 가장 심했다.

-주군!

결국 성준은 버티지 못하고 쓰러졌다. 시야가 검게 물들고 있었다. 그는 창백해진 얼굴로 은주를 향해 기어갔다.

"성준…… 씨……."

은주의 목소리에 힘이 없었다. 성준은 그녀를 향해 왼손을 뻗었다. 조금 전에 정령 군주의 '핵'에서 마력을 흡수한 덕분에 '힐'을 사용할 마력 정도는 남아 있었다.

"힐……!"

힘겹게 시동어를 뱉으며 치유를 시전했다. 은주의 상처에 백색의 빛이 깃들면서 상처가 회복되기 시작했다.

그 모습을 본 성준은 고통을 이겨내지 못하고 힘없이 두 눈을 감았다.

다시 눈을 뜬 곳은 병원이었다. 백색의 천장과 소독약 냄새, 그리고 흰 환자복이 성준을 반겼다.

"병원…… 인가……?"

아버지가 혈액암을 앓는 중이었기에 병원은 그에게 익숙한 곳이었다.

하지만 그가 병상에 눕는 것은 처음이었다.

-주군! 정신이 드십니까?

성준이 의식을 되찾은 걸 확인한 리슈발트가 호들갑을 떨었다. 성준은 리슈발트의 말에 대답하기에 앞서 몸을 일으키며 주변을 살폈다.

1인실이었다.

다른 사람이 없는 것을 확인한 성준은 차분한 표정으로 입을 열었다.

"리슈발트, 상황을 보고해."

성준이 물었다.

의식을 잃은 뒤 무슨 일이 있었는지 알 수 없었다. 하지만 리슈발트라면 뭔가를 알고 있을 것이라 생각했다.

-주군께서 의식을 잃고 5시간 정도 지나서 '디케'의 헌터들이 구조하러 왔었습니다.

"5시간이면 마물의 방해를 받지 않고 곧장 달려왔다는 건데…… 그건 일반 던전과 같았나 보네."

성준이 말했다.

일반 던전은 보스를 잡으면 던전을 클리어한 것으로 인정되면서 숨어 있던 소수의 마물들도 역소환되어 버린다.

"일단 나는 최소 5시간 이상 의식을 잃었던 거지?"

-정확히 25시간 동안 의식을 잃은 상태였습니다.

리슈발트의 대답에 성준은 심각한 표정으로 고개를 끄덕였다.

"한계를 초월하는 것도 어떤 선을 넘으면 의식을 잃게 되는군."

뼈아픈 경험으로 동조율 초월에는 한계가 없지만 지나치게 무리하면 의식을 잃을 확률이 매우 높다는 것을 이번 일로 알게 되었다.

성준은 이 기술의 이름을 극초월이라고 이름 붙이기로 했다.

'앞으로는 주의해야겠어.'

이번에는 보스방이었고 이기기 힘든 상대였기 때문에 예외였지만 일반적인 경우에는 극초월을 사용하는 걸 자제할 생각이었다. 정신을 잃을 정도의 고통이 찾아온다는 게 너무나 큰 리스크였다.

-그리고 현재 주군의 동조율은 23%입니다.

궁금했던 정보를 리슈발트가 보고했다.

-누군가 옵니다.

성준은 리슈발트와의 대화를 중단했다.

똑똑.

"들어오세요."

문이 열리고 난발의 여성이 조심스럽게 병실 안으로 들어왔다. 천천히 고개를 들어 올린 그녀는 정규 공략팀 디케의 팀장인 최은주였다.

"성준 씨……."

"앉으세요."

성준의 제안에 은주는 수줍게 고개를 끄덕이더니 병상 옆의 의자에 앉았다.

"몸은 좀 괜찮으세요?"

은주가 입을 연 순간, 성준이 먼저 물었다. 그녀는 눈웃음과 함께 고개를 끄덕였다.

"성준 씨가 아니었으면 과다 출혈로 죽었을 거예요."

디케의 헌터들은 5시간 후에 도착했었다. 성준이 힘을 사용해 상처를 치유하지 않았다면 출혈이 심해서 목숨을 잃었을 것이다.

"성준 씨는 괜찮아요? 정신을 잃어서 많이 걱정했어요."

그녀는 쓰러져 정신을 잃어가는 와중에도 손을 뻗어 '힐'을 사용해 주던 성준의 모습을 아직도 선명하게 기억하고 있었다. 그 모습은 아직 20대인 은주의 감성을 자극하기에 충분했다.

"저는 괜찮습니다."

"의사 선생님이 마나 쇼크인 것 같다고 하셨어요. 푹 쉬셔야 해요."

은주가 걱정스러운 시선을 보내며 말했다.

마나 쇼크는 일시적으로 과한 마력을 소모했을 때 발생하는 현상이었다.

그녀는 매력적인 눈웃음과 함께 차가운 음료수를 건넸다.

던전에서 성준이 보여준 행동들은 그녀가 좋은 감정을 가지게 만들었다. 그 감정은 아직 깊지 않았지만 좋은 시작이라는 것은 부정할 수 없었다.

"마나 쇼크가 오면 갈증이 심해진대요. 이거 마셔요."

"고마워요."

성준은 은주가 건넨 음료수를 마셨다. 차가운 음료수를 마시자 정신이 맑아지는 것 같은 기분이 들었다.

"시원하네요."

"다행이다. 헤헤."

은주는 수줍게 웃었다.

그런 그녀를 보며 성준이 입을 열었다.

"던전 공략은 어떻게 되었습니까?"

"클리어로 인정되었어요. 사망자는 2명이에요."

"유감입니다."

성준은 유감을 표했다.

팀원들의 죽음을 떠올린 은주는 슬픈 표정을 지었지만 곧 애써 미소를 지었다. 던전에서 헌터의 죽음은 흔한 일이었고 그녀도 익숙할 정도로 많이 겪어왔다.

"그래도 성준 씨 덕분에 피해가 거의 없었어요. 다들 고마워하고 있어요."

"그렇군요."

"아…… 그리고 정산금 문제 말인데요. 궁금하실 것 같아서 제가 팀장님한테 물어봤어요."

은주의 말에 성준의 두 눈이 반짝였다.

"나중에 팀장님이 자세히 설명해 주실 것 같지만 미리 말해 드릴게요."

성준이 고개를 끄덕이자 은주가 다시 입을 열었다.

"S급 던전급으로 마물들이 출현해서 농도 높은 마정석이 많이 나왔다고 하더라고요. 거기다가 국가의 포상금까지 합쳐서 성준 씨 몫으로 61억 원이 정산되었어요."

예전에 습득한 아이템을 매각한 금액과 합하면 이제 재산이 100억 원이 넘었다.

성준은 정신이 아찔해지는 것을 느꼈다. 설마 100억이 넘는 돈을 소지하게 될 것이라고는 생각조차 못 했다.

"의사 선생님이 최소 이틀은 쉬어야 한다고 하셨어요. 그리고……."

똑똑.

그녀가 뭔가 말을 이어가려는 순간이었다. 노크와 함께 문이 열리고 갈색의 머리카락을 뒤로 묶고 정장을 입은 여자가 걸어 들어왔다.

"선객이 있었네요?"

그녀는 윤설아였다.

2장
신호를 보내

“실무 회의가 있는데 강성준 씨 병문안에 가라는 거예요?”

서류를 챙기고 있던 설아는 비서실 아라의 말을 듣고 눈살을 찌푸렸다. 오늘 그녀가 참석할 실무 회의는 청룡 그룹의 길드 설립과 관련된 중요한 문제를 논의하기 위한 자리였다.

“회장님의 지시입니다.”

“할아버지도 이번 회의가 얼마나 중요한지 알고 계시잖아요. 강성준 씨가 입원한 건 저도 들어서 알고 있었어요. 그래서 찾아갈 생각이었어요. 그런데 지금 꼭 가야 할 필요는 없잖아요.”

윤태석 회장이 뒤에서 지휘한다고는 하지만 실장은 설아였고 이번 회의는 중요한 내용을 다루고 있어서 참석해야만 한다고 생각했었다.

그런데 태석이 설아가 없어도 회의가 잘 진행될 것이라는 듯이 나오니 감정이 상할 수밖에 없었다.

"상황이 변했습니다."

"그게 무슨 말이에요?"

"S급 헌터 최은주 씨가 관리국에 진술한 내용을 확보했습니다."

갑자기 분위기가 심각해지자 설아는 마른침을 삼켰다.

"설명해 줄래요?"

설아의 요청에 아라는 은주가 진술한 내용이 적힌 서류를 건네주었다.

설아는 서류를 빠르게 읽었다. 서류에는 놀랄 만한 내용이 적혀 있었다.

"이거…… 전부 사실이에요?"

"S급 마물로 분류되며, 보스로 출현한 정령 군주를 단신으로 쓰러트렸다는 걸 말씀하시는 거라면 관리국에서 사실로 확인했습니다."

이미 관리국의 조사대가 추가로 파견되어서 관련된 내용의 조사를 끝마친 뒤였다.

"관리국의 조사 결과에 따르면 교전한 마물이 '정령 군주'인지는 확실하지 않지만 S급의 보스와 전투를 치렀고 정황상 강성준 씨 혼자서 격파한 것은 확실하다고 합니다."

"S급 보스를 단신으로요?"

설아는 헌터가 아니었지만 길드 설립 계획을 총괄하고 있어서 던전과 마물에 대한 지식이 해박했다. 그래서 던전의 보정을 받는 탓에 동급의 일반 마물보다 조금 더 강한 보스를 헌터가 단신으로 사냥하는 게 얼마나 대단한 일인지 잘 알고 있었다.

'할아버지한테 나는 그냥 장기말이었네…….'

설아는 태석에 대한 실망감이 드러난 표정을 숨기기 위해 고개를 숙였다. 성준이 대단하다는 것은 알게 되었지만 그것과 별개로 태석에게 실망했다.

그와의 연결 고리를 강화해야 한다는 것엔 어느 정도 동의를 하고 있었지만 실무 회의까지 빠지고 성준을 만나러 가라는 지시를 받자 정말 자신은 장기말에 불과하다는 생각에 괴로웠다.

'길드 계획실장의 자리는 그냥 이름뿐…….'

그녀는 자존심이 강했다. 그래서 자신의 위치가 부정당하자 눈물이 흐를 것만 같았지만 참아냈다.

"아가씨, 어떻게 하시겠습니까?"

"어느 병원이죠?"

"가깝습니다. 차량 대기시킬까요?"

"그렇게 해주세요."

그렇게 그녀는 성준이 입원한 병원으로 향하게 되었다.

"선객이 있었네요?"

설아는 가벼운 목소리와 함께 병실 안으로 들어왔다. 그녀의 시선이 병상 옆에 앉아 있는 은주에게 향했다.

'광휘의 검?'

국내에서 S급 헌터는 연예인만큼 유명했다. 청룡 그룹의 길드 계획실장인 설아가 모르고 있을 리가 없었다.

"성준 씨, 아는 분이에요?"

반면에 설아의 얼굴은 일반인들은 물론이고 헌터들에게도 알려져 있지 않았다. 그래서 은주는 성준에게 그녀에 대해 물어볼 수밖에 없었다.

"개인적으로 조금 아는 분입니다."

"앉아도 되죠?"

설아는 당연하다는 듯 물었다.

성준이 고개를 끄덕이자 그녀는 자연스럽게 은주의 맞은편, 성준의 왼편에 앉았다.

"저, 저는 먼저 일어날게요."

성준과 설아 사이에서 묘한 기류가 흐른다고 멋대로 오해한 은주는 먼저 의자에서 일어났다. 성준은 그녀를 딱히 말리지 않았다. 그 모습에 은주는 다소의 서운한 감정을 품은 채 병실을 떠났다.

"여자 친구예요? 능력 좋네요."

"그런 사이 아닙니다."

성준은 단호하게 말했지만 설아는 의미를 알 수 없는 미소를 지으며 입을 열었다.

"강성준 씨를 보는 눈빛이 예사롭지 않던데요?"

"그냥 흔들다리 효과일 겁니다. 착각하고 있는 거예요."

성준은 은주의 호의가 던전이라는 특수한 상황에서 찾아오는 긴장 상태와 여러 심리적인 요인이 곁들여진 착각이라고 생각했다.

"그런가요?"

"그런 겁니다. 그나저나 오늘은 무슨 일이시죠?"

"저번에 설명했었죠?"

설아의 대답에 성준은 기억을 더듬었다.

"회장님이 보냈습니까?"

성준의 물음에 설아는 짧은 한숨과 함께 고개를 끄덕였다.

"어떻게든 강성준 씨와 연결 고리를 만들려고 혈안이 되어 있어요."

"청룡 그룹의 길드 계획 때문입니까?"

"그런 셈이죠. 유명한 헌터를 길드장으로 내세우는 게 유리하니까요."

설아는 굳이 말하지 않았지만 청룡 그룹에서는 이미 성준을 S급 헌터와 동급으로 취급하고 있었다. 그가 마력을 숨기고 있는 S급 헌터라는 가설에 힘이 실리고 있었다. 또 그게 아니더라도 성준의 성장세는 주목할 가치가 있었다.

"귀찮은 일은 사절입니다."

"제 장단에 맞춰주시는 동안에는 할아버지도 강성준 씨를 귀찮게 하지 않을 거예요."

"확실합니까?"

"네에. 그러니까 너무 걱정하지 마세요."

설아의 확답을 들은 성준은 입가에 희미한 미소를 머금었다.

"저는 앉아 있을 테니까 쉬고 계세요."

성준은 대답 대신 마물 도감을 집어 들었다. 최근 전생의 기억이 깨어나면서 이계의 마물과 지구에 등장하는 마물을 비교하는 것이 재밌었다.

그가 마물 도감을 읽는 동안 설아는 쉴 새 없이 스마트폰을 확인했다.

"바쁜 일이라도 있나 봐요?"

성준의 물음에 설아는 스마트폰을 내려놓고 고개를 돌려 입을 열었다.

"오늘 길드 관련 실무 회의가 있었거든요. 원래 제가 있어야 했을 자리죠."

그녀의 목소리에서 슬픔이 묻어 나왔다. 길드 계획 실장에

임명되었을 때만 해도 기뻐했었다. 하지만 지금 보니 그녀는 성준과의 연결 고리일 뿐이었다.

"늘 노력했지만 할아버지는 저를 인정해 주지 않았던 것 같아요. 이번에도 실무 회의에서 빠져도 좋으니까, 강성준 씨의 병문안을 가라고 하셨거든요."

성준은 설아의 푸념을 말없이 들어주었다. 사정을 잘 모르면서 선불리 위로의 말을 건네면 역효과가 찾아올 수도 있다고 생각했다.

그래서 그는 침묵을 지켰고, 그것은 설아의 호감도가 조금이나마 상승하는 계기가 되었다.

"괜찮으십니까?"

"제가 말이 너무 많았네요."

설아는 힘없이 고개를 저으며 시계를 확인했다.

"1시간만 있으려고 했는데…… 2시간이나 있어버렸네요."

그녀는 의자에서 일어나 짐을 챙겼다. 그리고 병실을 떠나기 위해 문을 열었다.

"가시려고요?"

"이제 쉬셔야죠. 다음에 시간 나면 또 봐요."

성준이 고개를 끄덕이자 그녀는 병실을 떠났다. 그리고 얼마 지나지 않아서 헌터 관리국의 김현성 팀장이 찾아왔다.

"몸은 좀 괜찮으십니까?"

현성은 성준의 건강부터 물었다. 성준이 고개를 끄덕이는 것으로 대답을 대신하자 현성은 안도하며 병상 옆의 의자에 앉았다.

"다행입니다. 다들 걱정을 많이 했었습니다."

"아버지한테는 연락하지 않으셨겠죠?"

자신이 쓰러져서 병원에 입원했다는 걸 알게 된다면 아버지인 수혁은 크게 걱정할 게 분명했다.

그의 물음에 현성은 미소를 지으며 입을 열었다.

"곤란해하실 것 같아서 연락드리는 걸 유보하고 있었습니다. 그래도 부상이 더 심했다거나 오늘까지 의식을 차리지 않았다면 연락했을 겁니다."

부상이 심각하면 보호자에게 연락하는 게 규칙이었다.

"제가 진술해야 할 내용이라도 있습니까?"

"진술이라면 최은주 씨가 해주셨습니다. 그래서 오늘은 겸사겸사 병문안 온 겁니다."

"업무상의 이유도 있다는 말이네요?"

성준의 말에 현성은 어색한 웃음을 흘렸다.

"알려 드릴 게 있어서요."

"정산금이죠?"

"네, 맞습니다."

현성은 고개를 끄덕였다.

성준은 이미 은주에게 들을 건 다 들었지만 굳이 찬물을 끼얹지 않았다. 현성은 성준이 받을 정산금에 대해서 자세히 설명해 주었다. 은주가 앞서 말해줬던 대로 성준의 몫은 포상금까지 합쳐서 61억이었다.

은주에게 미리 들었던 내용이었지만 쉽게 믿기지 않을 정도로 거금이었다.

"정산은 언제죠?"

"당장에라도 받을 수 있지만 퇴원하고 진행하는 게 좋지 않겠습니까?"

현성이 말했다.

의식을 잃었다고는 하지만 마나 쇼크 이상의 증상은 발견되지 않았기 때문에 금방 퇴원할 수 있을 것이라고 생각되었다.

성준도 고개를 끄덕이며 동의했다.

잠시간의 침묵 끝에 현성이 먼저 입을 열었다.

"강성준 씨가 정령 군주를 쓰러트렸다는 것 때문에 상부에서 난리가 났습니다."

"무슨 문제라도 있습니까?"

현성은 고개를 저었다.

"문제가 있는 건 아닙니다. 그저 다들 놀랐다는 것이죠. A급 헌터가 S급 마물, 그것도 보스를 단신으로 해치운 건 흔한 일이 아닙니다."

"그 정도입니까?"

"네, 정말 흔치 않죠. 그런 경험을 했던 헌터가 4명 정도 있는데, 모두 S급 헌터로 성장했습니다. 그래서 상부에서 강성준 씨에게 거는 기대가 큽니다."

관리국에서도 성준을 S급 헌터와 동급으로 판단하고 있었다.

"그래도 등급 재심사하자고 말하지는 않네요?"

"관리국에서는 강성준 씨가 마나 쇼크를 일으킨 걸로 보아 일시적인 각성 상태에서 정령 군주를 쓰러트렸다고 생각하고 있는데…… 혹시 아닙니까?"

현성의 물음에 성준은 미소를 지으며 고개를 저었다.

"정확하게 알고 계시네요."

성준은 굳이 자세하게 자신의 상황을 설명하지 않았다. 그럴 필요가 없다고 생각했다.

현성은 만족스러운 표정으로 고개를 끄덕였다.

"역시 제 추측이 정확했군요."

그리고 현성은 성준과 10분 정도 대화를 더 나눈 뒤 의자에서 일어났다.

"저는 이만 가보겠습니다. 마나 쇼크에는 푹 쉬는 게 좋다고 합니다. 오늘은 일찍 주무세요."

현성이 병실을 떠났다.

그날 성준은 일찍 잠에 빠져들었고 다음 날 퇴원 수속을 밟았다.

의사는 더 쉬는 게 좋다고 권고했지만 성준은 집에서 쉬고 싶었다. 병원에서 나오는 식사는 맛이 없었다. 그는 맛있는 걸 먹으면서 쉬고 싶었다.

-주군, 쉬셔야 합니다.

오피스텔로 돌아온 성준이 컴퓨터 앞에 앉자 리슈발트가 진언했다.

"이것도 쉬는 거야."

성준은 대답과 함께 헌터닷컴에 접속했다.

"헌터 수련장……?"

광고성 게시글이 분명했지만 성준은 흥미를 가지고 클릭했다. 예상대로 광고를 위한 게시글이었지만 지금까지 봤던 것들과는 달랐다.

헌터들을 고객으로 삼는 전문 수련장에 대해 소개하는 내용의 광고성 게시글이었다. 일반인에 비해 신체 능력이 월등한 헌터들이 자유롭게 운동하고 수련할 수 있는 공간이 갖춰져 있다고 적혀 있었다.

일반 체육관에선 헌터들의 활동이 제약되기 때문에 자유롭게 운동할 수 없었다.

'괜찮네…… 나중에 전화해서 물어봐야겠다.'

가격은 일반 체육관에 비해 많이 비쌀 것이라 생각되었지만 상관없었다. 성준은 돈에 여유가 있었다.

성준은 새로운 정보를 하나 알았다는 사실에 만족하며 침대에 누웠다. 그리고 잠에 빠져들었다.

그날, 성준은 꿈을 꿨다.

지금까지 꿨던 꿈과는 달랐다. 이계가 아닌 현대의 어떤 빌딩 안이 배경이었다. 그는 홀린 것처럼 어딘가로 걸어갔다. 어둡고 긴 복도의 끝에는 진열장 안에 들어 있는 낡은 지도가 있었다.

그리고 성준은 꿈에서 깨어났다.

-주군? 또 꿈을 꾼 것입니까?

리슈발트의 물음에 성준은 고개를 끄덕였다.

"꿈을 꾸긴 했는데, 조금 달라."

성준은 리슈발트를 보며 자세하게 설명했다. 성준의 설명을 끝까지 들은 리슈발트는 차분한 표정으로 입을 열었다.

-주군의 사념이 강하게 묻은 아이템이 신호를 보내는 것일 수도 있습니다. 주군의 전생과 연관이 있는 아이템일 가능성이 높습니다. 혹시 어딘지 아시겠습니까?

"저번에 갔던 경매장인 것 같은데……."

-그렇다면 조만간에 경매장에 등장하겠군요. 주군의 기억을 찾는 데 큰 도움이 될 겁니다. 반드시 확보해야 합니다.

전생과 연관이 있는 아이템이라면 기억을 되찾는 데 도움이 될 것이라고 리슈발트는 생각했다.

-주군께선 한시라도 빨리 모든 기억을 되찾는 게 중요합니다.

리슈발트가 말했다.

전투와 관련된 기억이 되살아날 수도 있기 때문에 강해지기 위해서라도 신호를 보내는 아이템을 확보해야만 했다.

"지금 당장 경매장으로 가자."

성준은 망설이지 않았다.

즉시 차를 타고 경매장에 도착한 그는 직원들에게 물어보았지만 원하는 대답을 들을 수 없었다.

"죄송하지만 경매 예정 물품에 대해서는 알려 드릴 수 없습니다."

모두 같은 대답이었다. 결국 성준은 경매장에 매일 출근하기로 마음먹었다.

다음 날, 관리국에 들러서 정산금을 계좌로 이체받은 그는 매일같이 경매장에 출근하기 시작했다. 그에게 시간과 돈은 많았다.

그리고 마침내 사흘째 되는 날에 지도의 모습을 한 아이템의 경매가 얼마 남지 않았다는 정보를 들을 수 있었다.

"어딥니까?"

"1번 경매장입니다."

성준은 직원의 대답을 듣기 무섭게 1번 경매장을 향해 걸음을 옮겼다. 며칠 동안 경매장에 출근하다시피 출입한 덕분에 내부 구조는 훤히 알게 되었다.

1번 경매장에 도착한 성준은 서둘러 자리를 찾아서 앉았다.

'다행히 사람이 별로 없네.'

낡은 지도는 인기 있는 종류가 아니었기 때문에 경매장에 모인 사람의 수가 적었다. 그 모습에 성준은 안도했다.

-경쟁자는 없을 것 같습니다.

리슈발트의 말에 성준은 조용히 고개를 끄덕였다.

이윽고 경매가 시작되었다. 예상대로 경쟁자가 없어서 2억 원에 아이템을 낙찰받을 수 있었다.

차를 타고 오피스텔로 돌아온 그는 아이템에 계측기를 가져가 보았다.

[알 수 없는 지도]

B급.

알 수 없음.

경매장에서 확인했던 정보와 같았다. 그는 말없이 리슈발트가 있는 곳으로 지도를 들어 올렸다.

-감정하겠습니다.

리슈발트는 한 차례 보고와 함께 지도에 마력을 흘려보냈다. 마력을 머금은 지도가 더욱 선명해졌다.

-끝났습니다.

리슈발트가 감정이 끝났다는 것을 알리자 성준은 지도 아이템 위에 다시 계측기를 올렸다.

[대미궁의 지도]

B급.

특정 구역의 위치 감지 효과 확인.

계측기가 감정한 아이템의 이름과 효과였다.

"대미궁이 나랑 관련 있는 곳이었던가……?"

-기억나지 않으십니까?

리슈발트의 물음에 성준은 고개를 끄덕였다. 둘의 기억은 온전하지도 않았고 동일하지도 않았다.

"설명을 부탁하지."

성준은 지도를 곱게 접어 보관함에 넣으며 말했다. 리슈발트의 입가에 희미한 미소가 번졌다.

-기쁜 마음으로 설명하겠습니다.

리슈발트는 성준의 곁으로 다가왔다.

-대미궁은 제국 초기의 대마법사인 발트거 후작께서 만든 수련장입니다. 만들어진 이후부터 기사 여단에서 수련과 입단 시험 목적으로 사용해 왔습니다. 아마 지금도 사용하고 있을 겁니다.

"이제 기억나는 것 같다."

리슈발트의 설명 덕분에 젊은 기사 시절, 기사 여단에 입단하기 위해 대미궁의 시험을 치렀던 기억이 살아났다.

"나도 입단 시험을 '대미궁'에서 치렀었지."

지난날의 기억을 떠올리며 성준은 고개를 끄덕였다.

리슈발트도 그의 바로 옆에서 미소를 지었다.

-기억하십니까? 저도 함께였습니다.

"기억하지. 그때 우리는 어렸고 네 머리카락도 조금 더 짧았었지."

-대미궁에 들어갈 때 모두가 말렸던 것도 기억하십니까?

리슈발트의 물음에 성준은 그리운 기억을 떠올렸다.

"그때 우리가 17살이었나?"

-그렇습니다. 모두 실패할 거라고 말했었죠.

두 사람은 제국의 촉망받는 기사였지만 어렸다. 그래서 모두가 '대미궁'의 시험을 통고하지 못할 것으로 생각했었다.

하지만 둘은 그 쓸데없는 걱정을 박살 내고 최연소의 나이로 기사 여단의 전선에 합류했었다.

-주군이 아니었다면 저는 낙오했을 겁니다.

시험은 2인 1조로 치러졌었다. 리슈발트는 과거를 회상하며 성준의 도움을 떠올렸다.

그때부터였을 것이다. 성준, 로우켈의 뒷모습에서 군주의 그림자를 엿볼 수 있었던 것은.

"나도 네가 없었으면 힘들었을 거다."

과거의 기억은 희미하고 흩어져 있었다. 하지만 한 가지 확실한 것은 언제나 리슈발트는 성준의 뒤를 지켜왔다는 것이었다.

마지막 순간까지도.

"자아, 지도에 대해 이야기해 볼까?"

성준은 침울해진 분위기를 손뼉을 쳐 환기한 뒤 지도를 들어 올렸다.

"대미궁의 지도라는 건 알겠는데, 쓸 일이 있을까?"

-대미궁도 기사 여단에서 관리하기 때문에 각성 던전의 포탈이 열릴 가능성이 매우 높습니다.

"그렇긴 하겠네."

성준도 고개를 끄덕이며 리슈발트의 의견에 동의했다.

각성 던전은 성준의 원념이 향하는 곳에 열린다. 리도니아 대평원에서 성준을 공격한 제국의 주력군 중 하나인 기사 여단에서 관리하는 곳이니 조만간에 각성 던전이 열릴 확률이 높았다.

-대미궁은 아주 복잡합니다. 설령 기억이 온전하다고 해도

길을 찾는 데 시간이 오래 걸리는 곳입니다. 지도를 가지고 있으면 분명 도움이 될 겁니다.

리슈발트가 말했다.

대미궁에 대한 기억은 흐릿했지만 길을 찾기 쉽지 않았다는 것만큼은 분명했다. 성준은 앞으로 던전을 공략할 때 가방에 지도를 휴대해야겠다고 생각했다.

'대미궁'에 대한 화제가 끝나고 성준은 헌터닷컴에 접속해서 베스트 게시글을 살폈다. 베스트 게시글들은 모두 '아이언'이라는 이름의 헌터 전문 수련장에 대해 언급하고 있었다.

"아이언이라…… 광고를 본 것 같은데……?"

얼마 전에 헌터닷컴을 둘러보다가 광고를 봤던 기억이 있었다. 그는 갑자기 생겨나는 호기심에 관련 게시글들을 클릭해서 읽어보았다.

['아이언'에 가보셨어요? 헌터들 맞춤 수련장이라서 시설이 잘 갖춰져 있더라고요.]

[헌터 수련장인가? 거기 좋더라. 추천함.]

[헌터라서 일반 체육관은 이용 못 했는데 전문 수련장이 생겨서 정말 좋습니다.]

[가격이 너무 비싸서 별로…….]

알바로 의심되는 댓글도 보였지만 전체적으로 게시글과 댓글들이 긍정적인 반응을 보이고 있었다.

'한번 가볼까……?'

헌터 전문 수련장이라고 하니까 호기심이 생겼다. 회원권이 비싸다는 댓글도 보였지만 100억이 넘는 재산을 소유하고 있는 그가 신경 쓸 일은 아니었다.

"가자, 리슈발트."

가뜩이나 오피스텔 근처에 산이 없는 탓에 수련을 하지 못해서 허전했었다.

성준은 물 만난 고기마냥 신나서 '아이언' 수련장을 향해 차를 운전했다. 30분 정도 걸려 도착한 넓은 주차장 끝에는 거대한 8층 건물이 자리 잡고 있었다. 건물 전체가 수련장으로 보였다.

'대기업 쪽에서 시작한 사업인가?'

서울 한복판에 이렇게 규모가 큰 수련장을 만들려면 돈이 많이 필요했을 것이다.

성준은 수련장이 대기업과 연관되어 있을 가능성이 높다고 생각하며 로비로 발걸음을 옮겼다.

"안녕하세요, 처음 방문하세요?"

안내 데스크의 직원은 두리번거리는 성준의 모습을 보고 신규 고객이라는 사실을 한 번에 알아맞혔다.

성준이 고개를 끄덕이자 그녀는 그를 사무실로 안내했다.

그리고 다짜고짜 회원권과 관련된 상품을 설명하기 시작했는데, 성준은 귀찮은 마음에 끝까지 듣지 않고 3개월 회원권을 결제했다.

1개월 회원권은 1천만 원이었지만 3개월 회원권은 프로모션이 더해져서 2천 7백만 원이었다. 과거였다면 손을 벌벌 떨 만한 금액이었지만 지금은 아니었다.

"탈의실로 안내해 드리겠습니다."

성준은 직원들 따라 긴 복도를 걸었다. 이윽고 두 사람은 탈의실에 도착했다.

"여기서 옷을 갈아입으시면 됩니다. 이 팔찌를 착용하시면 수련장 내부의 모든 시설을 이용할 수 있습니다."

직원이 친절하게 안내해 주었다. 그녀는 설명을 마치며 성준에게 아이언의 회원임을 뜻하는 팔찌를 건네주었다.

"오늘 첫날이시니 제가 안내해 드리겠습니다. 옷 갈아입고 나오시겠어요?"

성준이 옷을 갈아입고 나오자 직원이 수련장으로 안내했다. 건물이 커서 그런지 수련장은 넓었고 운동기구를 이용하는 헌터의 수도 많았다.

"조금 넓은 헬스장으로 보일 수도 있지만 사실 여기 있는 모든 운동기구들은 헌터님들의 완력을 견딜 수 있도록 특별 설계된 것들입니다."

직원은 자랑스러운 표정으로 설명을 이어갔다. 그녀의 설명에 의하면 1층은 로비였고 2층은 탈의실과 샤워 시설이 갖춰져 있으며 3층부터 수련을 할 수 있는 장소로 설계되어 있는 것 같았다.

3층과 4층에선 특별한 설명이 없었지만 5층은 달랐다. 5층에 진입하기 무섭게 구조가 변했고, 직원의 표정에서도 자신감이 넘치기 시작했다.

"여기가 5층입니다. 저희 수련장에서도 가장 핫한 곳이죠."

"설명을 부탁해도 되겠습니까?"

"물론입니다. 이곳이 핫한 이유는 바로 가상 전투 시스템을 사용할 수 있기 때문이죠."

"가상 전투 시스템?"

성준의 물음에 직원은 힘차게 고개를 끄덕이며 입을 열었다.

"네, 마정석을 원동력으로 삼아서 가상의 적을 구현해서 싸우는 수련 방법입니다. 실전과 긴장감이 비슷하기 때문에 가장 인기가 많습니다!"

"마정석을 사용하는 거면 단가가 비싸겠네요?"

성준이 물었다. 마정석은 비싼 동력원이었다.

"그렇습니다, 고객님. 한국에서 실제로 운용하는 곳은 많지 않은 걸로 알고 있습니다."

"그렇군요."

"그럼 안내를 계속하겠습니다."

성준이 고개를 끄덕이자 그녀는 안내를 계속했다. 수련장 시설로 사용되고 있는 7층까지 안내를 받았다. 8층은 직원 공간이라서 들어갈 수 없었다.

가장 흥미로웠던 시설은 5층의 가상 전투 시스템이었다.

성준은 7층에서 직원과 헤어진 뒤 5층으로 내려가다가 의외의 인물과 마주치게 되었다.

"윤설아 씨?"

"강성준 씨?"

의외의 만남이었기 때문에 두 사람은 서로의 이름을 부르며 잠깐 동안 얼어붙었다.

설아가 먼저 정신을 차리고는 뒤따르는 수행원들을 보며 입을 열었다.

"먼저 올라가서 업무 진행하세요."

"알겠습니다, 실장님."

뒤따르던 수행원 3명이 먼저 올라갔다.

설아의 시선이 성준에게 향했다.

"여기는 어떻게……."

성준의 물음에 설아는 미소를 지었다.

"모르셨어요? 여기 청룡 그룹에서 운영하는 곳이에요."

"청룡 그룹에서요?"

성준의 물음에 설아는 고개를 끄덕였다.

대기업의 자금이 관여했을 것이라는 성준의 예상이 정확하게 맞아떨어졌다.

“네, 괜찮은 사업 아이템이죠?”

그녀는 희미한 미소와 함께 어깨를 으쓱해 보였다.

“이것도 길드 계획의 일환입니까?”

“부정하진 못하겠네요.”

유명 길드에 소속된 헌터들은 길드 수련장을 이용하기 때문에 아이언 수련장을 이용하는 이들은 주로 길드에 소속되지 않은 헌터들이었다.

아이언 수련장에 방문하는 헌터들의 데이터가 기록되고 있었고, 설아는 이 자료들을 바탕으로 무소속 헌터들을 스카웃할 생각이었다.

“무소속 헌터들의 자료를 만들어서 스카웃에 활용한다라…… 아이디어 정말 좋은데요?”

“그렇죠? 그거 제가 제안한 거예요.”

간접 칭찬에 기분이 좋아진 것인지 그녀는 정말 오랜만에 맑은 미소를 지어 보였다. 이렇게 환하고 맑게 웃어본 게 얼마 만인지 기억조차 나지 않았다.

할아버지이자 청룡 그룹의 회장인 윤태석은 칭찬이라는 것을 할 줄 모르는 무뚝뚝한 남자였고 부하 직원들은 가식 어린

아부만 가득했다.

진심 어린 칭찬은 오랜만이었다.

"이럴 게 아니라, 올라가서 이야기해요, 우리."

태석의 명령이 아니었지만 성준과 조금 더 이야기하고 싶어졌다. 그녀의 제안에 성준은 흔쾌히 고개를 끄덕였다.

8층은 한 층계만 올라가면 되기 때문에 두 사람은 계단을 이용하기로 했다.

"8층은 직원들 공간이에요."

계단을 올라가며 설아가 설명했다. 직원들의 공간이라고 소개한 8층은 수련장과는 분위기가 사뭇 달랐다.

"따라오세요."

설아는 성준을 자신의 개인 사무실로 안내했다. 사무실은 넓고 쾌적했다.

두 사람을 서로를 마주 보고 앉았다.

"이번에는 회장님의 지시는 아닌 것 같고…… 저한테 하실 말씀이라도 있으십니까?"

"왜 그런 게 궁금하죠?"

"거리를 뒀으면 좋겠다고 말한 건 윤설아 씨였잖습니까? 그래서 궁금했을 뿐입니다."

성준의 말에 쿠키를 꺼내는 그녀의 손이 멈췄다. 태석의 지시로 성준과 엮이는 게 싫었던 그녀다. 그런데 지금은 지시 없이 순전히 그녀의 의도로 개인적인 시간을 가지고 있었다.

'잠시 머리를 식히는 거야. 그래…… 그런 거야…….'

설아는 고개를 젓는 것으로 잡념을 떨쳐냈다. 그러고는 작은 접시에 쿠키를 가지런히 담아서 성준의 앞에 올려놓았다.

"이상한 생각 말아요. 저는 강성준 씨를 핑계 삼아서 잠시 머리 좀 식히고 싶었던 거예요."

그녀는 잠깐의 침묵 끝에 생각해 낸, 스스로가 생각할 때 정말 완벽하다고 생각되는 변명을 말했다.

사뭇 진지했지만 귀엽게 보이는 그녀의 모습에 성준은 입가에 가벼운 미소를 머금었다.

"그렇습니까?"

"아니라고 생각하는 거예요?"

"믿습니다."

"거짓말이죠?"

설아의 물음에 성준은 대답하지 않았다. 그 모습에 그녀는 짧은 한숨과 함께 입을 열었다.

"화제를 바꿔요, 우리. 회원 등록은 하셨어요?"

"네, 일단은 3개월로 등록했습니다."

"그거 갱신할 때 귀찮을 거예요. VIP 영구 회원권으로 하나 만들어줄 테니까, 그거 써요."

"VIP요? 아까 설명할 때는 못 들었는데……."

조금 전에 직원에게서 회원 등록에 대한 안내를 받았었다. 하지만 VIP와 관련된 정보는 듣지 못했었다.

"아직은 오픈 초기라서 특별한 혜택이 없지만 조금씩 확대할 생각이에요. 그래도 영구 회원권이라서 엄청 비싼 거예요. 게다가 무려 비매품이에요, 비매품!"

1개월에 천만 원인 회원권의 영구 회원권이면 할인이 있다고 해도 가치가 높았다.

"비매품이요?"

"원래 영구 회원권은 판매하지 않고 있어요. 하지만 걱정 말아요. 이 정도는 제 권한으로 해결할 수 있으니까요."

아이언 수련장은 그녀가 제안했던 아이디어였고 관리도 맡고 있었다.

"저, 저번에 말했던 편의를 봐준다는 게 이런 거예요. 오늘은 사소한 거지만 다음에는 기대해도 좋아요."

성준이 가만히 응시하기만 하자 설아는 물어보지도 않은 것에 대해 설명했다.

성준은 미소를 지으며 고개를 끄덕였다.

"그렇습니까?"

그리고 다시 시작된 대화는 주로 설아가 이끌었으며 그녀가 처한 상황에 대한 푸념이 대부분이었다.

병실에서 처음으로 푸념을 했을 때는 조심스러웠지만 지금은 거침이 없었다. 성준의 가벼운 칭찬 때문에 들떠 있었던 탓도 있었다. 칭찬은 고래를 춤추게도 한다지만 면역이 없는 그녀에게는 특히나 치명적이었다.

"그렇군요, 감사합니다. 그런데 저는 이만 가봐야 할 것 같습니다."

"버, 벌써요?"

설아는 성준이 일어나자 아쉬운 마음을 품었다. 그녀 스스로도 조금은 당황한 듯 입을 살짝 가렸다.

'내가 아쉬워하고 있어……?'

그녀는 자신이 처한 상황에 대한 푸념을 할 만한 사람이 곁에 없었다. 그래서 병문안 가서 실수로 시작된 푸념에 중독되어 버린 것일지도 몰랐다.

스스로의 제한을 깨면서 그 쾌감에 취한 것이었다.

"생각보다 시간을 많이 할애해서요."

칼 같이 단호한 모습을 보이는 성준이었다.

"바쁘시다면 어쩔 수 없죠."

설아는 고개를 끄덕였다. 아쉬운 마음이 드는 것은 사실이었지만 당장 그를 붙잡고 싶은 정도는 아니었다.

성준은 망설임 없이 수련장을 나와 아버지인 수혁의 병문안을 갔다. 병원에서 2시간 정도 시간을 보낸 뒤 오피스텔로 돌아왔다.

며칠간 그는 수련장을 이용하고 오피스텔로 돌아와 쉬길 반복했다. 수련장을 이용하는 걸로 동조율이 오르지는 않았지만 전투 경험을 기억해 내고 그것을 다듬는 데는 많은 도움이 되었다.

-움직임이 많이 좋아졌습니다.

성준이 수련장에서 검술을 연마하는 것을 옆에서 지켜본 리슈발트는 시간이 지날수록 빠른 속도로 완벽해지는 모습에 감탄을 금치 못했다.

'오늘은 이 정도만.'

성준은 샤워를 끝낸 뒤 오피스텔에 가기 전에 던전 관리국에 들렀다. 충분히 재정비를 했으니 다시 동조율을 올릴 시간이었다.

"B급 던전 솔플 일정 잡아주세요."

던전 관리국에 도착한 성준은 솔플 일정을 신청했다. 이제 B급 던전의 솔플에도 자신감이 붙었다.

동조율을 올리고 돈을 벌기 위한 반복 사냥이 다시 시작되었다.

성준은 '무한동력'이라는 별명에 걸맞게 10월까지 약 10일 동안 쉬지 않고 던전 공략을 반복한 끝에 동조율을 23%에서 24%까지 끌어 올렸다.

-동조율 25%가 되었습니다. 각성 던전에 진입할 수 있습니다.

던전의 보스를 쓰러트리고 마력 흡수를 하자 동조율이 25%가 되었다. 리슈발트는 그 사실을 알렸다.

"열어."

모든 준비는 끝났다. 만약의 상황에 대비해서 '안벨의 만능 열쇠'와 '대미궁의 지도'도 챙겨둔 상태였다.

-각성 던전, 열겠습니다.

리슈발트가 마력을 분사하자 던전의 어두운 방이 녹아내리고 새로운 공간이 나타났다. 던전과 마찬가지로 어두운 이곳은 성준의 기억에 남아 있는 장소였다.

"설마 이렇게 빨리 대미궁에 다시 오게 될 줄이야……."

성준은 가방에서 지도를 꺼내서 살폈다.

"복잡하네."

지도를 보자 대미궁의 구조를 조금은 알 수 있게 되었는데, 매우 복잡했다. 지도의 도움을 빌려도 길을 쉽게 찾을 수 없을 것 같았다.

-쉽지는 않을 겁니다. 마물들도 등장하겠지만 무엇보다 길을 찾는 게 힘듭니다. 그래도 지도가 있어서 다행입니다.

성준은 리슈발트의 말에 고개를 끄덕이며 발걸음을 옮겼다.

드론은 전이 대상에 포함되지 않기 때문에 두 눈에 의지한 채 어둠을 뚫고 갈 수밖에 없었다.

'은신은 아끼자.'

은신 아이템을 사용하면 마력 소모가 크기 때문에 일단 은신을 사용하지 않기로 결심했다.

대미궁의 길은 생각보다 넓었지만 어두웠다. 다행히 어느 정도 걸어가자 벽면에 고정된 횃불들이 어둠을 밝히고 있었다.

-횃불이 보인다는 건 마물이 등장할 때가 되었다는 것을 의미합니다.

"그런 것 같네."

성준은 검을 뽑았다. 전방에서 다수의 기척이 느껴졌다. 아직 거리는 멀었지만 뭔가가 접근하는 게 분명했다.

그들은 천천히 거리를 좁혀 오고 있었는데 성준의 존재를 눈치채지 못한 것 같았다.

-제가 정찰을 다녀오겠습니다.

"가능하겠어?"

-마력 간섭이 없어서 가능합니다.

리슈발트는 마력 간섭이 있으면 마력 공급원인 성준에게서 멀리 떨어질 수 없지만, 아직까지는 마력 간섭이 없는 모양이었다.

-보고드립니다. 광전사가 하나 섞여 있는 오크 순찰대가 접근 중입니다. 주군의 존재는 눈치채지 못한 것 같습니다.

5분이 지나기도 전에 정찰을 끝내고 돌아온 리슈발트가 보고했다.

"은신 아이템을 사용할 필요는 없겠네."

성준은 걸음을 재촉했다.

거리가 가까워질수록 기척도 분명해졌다. 성준은 검에 마력을 끌어 올려 오러를 부여했다. 오러가 사용되고 거리도 가까워지자 오크들도 눈치챈 것인지 움직임이 부산스러워졌다.

"슬래시!"

성준은 시동어와 함께 검을 크게 휘둘러 오러 참격을 날렸다. 육안으로 확인할 수 없을 정도의 거리였지만 직선으로 날아간 오러 참격은 오크 다섯의 상체와 하체를 분리시켰다.

상체를 잃은 하체 다섯이 힘없이 쓰러지고 하체를 잃은 상체들은 차가운 돌바닥에 힘없이 나뒹굴었다.

"크워!"

기습에 당황한 오크들이 진형을 재정비하기도 전에 성준이 깊숙이 침투하여 날렵하게 검을 휘둘렀다.

"크워어어!"

오러에 치명상을 입은 오크 다섯이 힘없이 쓰러졌다. 오크 광전사만 간신히 오러의 칼날을 피해 목숨을 건졌다. 홀로 남은 오크 광전사는 처절하게 저항했지만 성준이 한 번 더 검을 휘두르자 목이 날아가고 말았다.

"흡수."

마력을 흡수하자 시체조차 마정석만 남긴 채 사라졌다.

-확인하진 못했지만 대미궁에는 아이템 보관함으로 사용되는 구역도 있다고 들었습니다.

"하긴, 지도가 없으면 길을 찾기 어려울 정도니까 안전하긴 하겠네."

리슈발트의 말에 성준은 미소를 지으며 고개를 끄덕였다.

"우리가 대미궁을 5일 만에 돌파했었나?"

-그렇습니다. 대미궁의 평균 돌파 시간보다 2일이나 빨랐었지요. 지금은 지도가 있으니 아무리 늦어도 4일이면 충분하다고 생각됩니다.

리슈발트가 설명했다.

"아이템 보관고에 한 번 들어가 보고 싶지 않아?"

-경비가 삼엄할 것으로 생각됩니다.

미궁에 자리 잡고는 있지만 경비 병력은 존재할 것이다. 리슈발트의 말에 성준은 입꼬리를 끌어 올렸다.

"나를 막을 수 있을 거라고 생각해?"

리슈발트는 고개를 저으며 입을 열었다.

-누가 감히 주군의 앞을 막겠습니까. 설령 막는다고 하더라도 주군의 칼날 앞에서 허무하게 쓰러질 것입니다.

리슈발트의 말에 성준은 만족스러운 표정으로 고개를 끄덕였다.

"시험하고 싶은 아이템도 있어서 한번 보관고에 들르고 싶어."

-'안벨의 만능열쇠'를 말씀하시는 겁니까?

"그래, 맞아."

성준은 가방에서 '안벨의 만능열쇠'를 꺼내며 입을 열었다.

"어디까지 열 수 있을지 한번 보자고."

3장
대미궁의 포식자

미궁은 갈림길과 긴 진행로, 그리고 크고 작은 공동으로 구성되어 있었다. 갈림길이 제법 많았지만 '지도'가 있어서 헤매지 않았다.

그럼에도 불구하고 미궁은 꽤 넓어서 한참을 걸었음에도 목적지까진 남은 거리가 상당했다.

그렇게 하루가 지났다.

-제가 경계를 서겠습니다.

성준이 식사를 해결하기 위해 육포와 말린 과일, 그리고 물을 꺼내자 리슈발트는 경계를 자처했다.

'마력 흡수' 덕분에 '무한동력'이라는 별명이 붙을 정도로 쉽게 지치지 않았지만 그도 사람이었기 때문에 영양 섭취는 필수였다.

"고마워."

성준은 그를 향해 미소를 지어 보인 뒤 육포를 입으로 가져갔다.

평범한 헌터였다면 일반 던전보다 좁고 어두운 대미궁에서 입맛이 없어서 식사를 기피할 수도 있겠지만, 전생의 피로 물든 기억이 조금이나마 남아 있는 성준에게 이 정도는 아무것도 아니었다.

"가자."

10분 만에 짧은 식사를 끝낸 성준은 자리에서 일어나며 리슈발트를 불러들였다. 근처를 배회하며 경계 임무를 수행하던 리슈발트가 성준의 곁으로 돌아왔다.

-근처에 기척은 없습니다.

리슈발트가 보고했다. 그의 말대로 성준의 감각에도 어떠한 기척도 잡히지 않았다.

성준은 긴 진행로를 따라 걸었다.

함정이 몇 개 설치되어 있었지만 리슈발트 덕분에 가볍게 격파하고 전진했다. 성준과 달리 리슈발트는 '대미궁'에 대해 꽤나 자세하게 기억하고 있었다.

진행로를 따라 걷다 보니 곧 거대한 철문이 앞을 막았다.

"정찰 가능해?"

내부에서 다수의 기척이 느껴졌지만 확실한 파악을 위해 리슈발트를 보며 물었다.

하지만 그는 고개를 저었다.

-마력의 간섭이 느껴집니다. 철문 안을 정찰하는 건 힘들 것 같습니다.

성준은 대답 대신 조심스럽게 철문으로 다가갔다. 안에서 새어 나오는 차가운 바람이 내부의 공간이 넓다는 것을 말해주고 있었다.

철문 너머에 있는 적들은 성준의 접근을 눈치채지 못한 것 같았다.

'문을 열고 동시에 은신을 사용하면서 진입하면 눈치채지 못할까?'

성준은 여러 경우의 수를 상정하고 계획을 세웠다.

-수가 꽤 많은 것 같습니다. 돌입할 생각이십니까?

리슈발트의 물음에 성준은 고개를 끄덕이며 입을 열었다.

"진입과 동시에 은신을 사용할 생각이다."

성준은 차분한 표정으로 철문을 열었다. 동시에 안으로 몸을 던지며 시동어와 함께 은신을 사용했다.

"뭐야, 문이 열렸는데?"

"총원 전투태세! 누군가 침입한 게 분명하다!"

공동 안에 가득한 이들은 마물이 아니라 제식 갑옷을 갖춰 입은 기사 여단 소속의 병사들이었다.

하사관의 명령에 맞춰 허수아비를 타격하고 있던 병사들은 정체불명의 침입자에 대비해 방진을 갖췄다.

그 모습을 본 성준은 뒤늦게 대미궁이 기사 여단의 수련장으로도 쓰인다는 사실을 상기할 수 있었다.

"분명히 누군가 침입했다! 보병대는 침착하게 원형 방진으로 대응한다!"

하사관은 유창한 이계어로 외쳤다.

하지만 성준은 동조율이 올라가면서 이계어를 완벽하게 습득했기 때문에 이해하는 데 어려움이 없었다.

성준은 '칠흑의 장막' 아이템의 은신 효과에 숨어서 기회를 엿보았다.

"마법사님에게 보고드려!"

"전령을 보내겠습니다!"

하사관의 지시에 병사들이 바쁘게 움직였다.

마법사가 오면 은신이 간파될 가능성이 있었다.

성준은 단검을 꺼내 들었다.

단검을 뽑는 가벼운 행동에는 은신이 해제되지 않았지만 이제 이것을 투척하는 과한 행동을 하면 은신이 해제될 것이다.

'전령부터 제거한다.'

성준은 한 번의 기회를 전령을 제거하는 데 사용하기로 했다. 그리고 동시에 단검을 회수하여 하사관의 심장을 노리고 투척할 생각이었다.

"커헉!"

"전령이 쓰러졌다!"

"기습이다!"

깃발을 들고 어딘가를 향해 바쁘게 달려가던 전령이 성준이 던진 단검에 맞아 쓰러졌다.

"저쪽이다!"

투척 행동으로 인해 성준의 은신이 풀렸다.

어떤 병사의 외침에 모두의 시선이 집중되었다. 병사들이 창을 겨누고 방패를 들어 올렸다. 그 모습을 보며 성준은 왼손을 들어 올렸다.

"회수!"

성준은 시동어와 함께 왼손에 돌아온 단검을 하사관을 향해 던졌다. 직선으로 날아간 단검이 하사관의 가슴 깊숙이 파고들어 심장을 찔렀다.

두꺼운 흉갑을 입고 있었지만 투척된 단검에는 오러가 깃들어 있었기 때문에 방어할 수 없었다.

"크윽!"

"하사관님이 쓰러지셨다!"

"방패병! 앞으로!"

방패병들이 전진했다.

"은신."

성준은 다시 은신을 사용해서 어둠 속으로 스며들었다.

"다시 사라졌습니다!"

"지휘권은 내가 이어받겠다! 사주경계! 모습을 드러내면 바로 원거리 공격으로 견제한다!"

하사관이 쓰러지면서 지휘 공백이 생길 것을 기대했지만 기사 여단은 만만한 부대가 아니었다. 소속된 병사들은 모두 실전 경험이 풍부한 베테랑이었다.

비록 리도니아 대평원에서 한 번 전멸을 겪었지만 재편성된 이들 역시 만만치 않았다. 하사관이 쓰러졌지만 경험이 많은 병사가 지휘기를 들어 올리며 지휘 공백을 메웠다.

'방패병부터 처리한다.'

방패병을 노려보는 성준의 눈동자에 살기가 깃들었다.

재편성되었다고는 하지만 기사 여단은 자신을 배신한 황제의 수족이었다.

정의로운 심판을 가하기 위해 그들에게 돌진하는 성준의 움직임에 망설임은 없었다.

"크아악!"

오러가 깃든 칼날이 방패와 함께 병사의 상체를 깊게 베었다. 은신은 해제되었지만 병사들의 창끝이 향했을 때 성준은 이미 그곳에 없었다.

성준은 쓰러지는 병사를 넘어 방진 깊숙이 침투한 뒤였다. 그는 병사들의 눈으로는 쫓기 힘들 정도로 빠르게 검을 휘둘러 방진을 무너트렸다.

"크아아악!"

"방진이 무너진다!"

"정렬!"

"무리입니다! 상대는 오러 사용자예요!"

기사 여단에 편성된 병사들은 여단의 최정예 기사들을 보조하기 위한 정예 병력이었지만 오러 사용자 앞에서는 약한 모습을 보일 수밖에 없었다.

수가 많았다면 인해전술로 몰아붙이는 방법이 있지만 유감스럽게도 이 공동 안에서 훈련 중이었던 병사의 수는 50명이 안 되었다.

"크아악!"

"커헉!"

병사들은 허수아비처럼 쓰러졌다. 48명의 병사가 5분 만에 모두 시체가 되었다.

"후우!"

50여 명의 적을 상대했지만 한 차례의 짧은 심호흡에 호흡을 고를 수 있었다.

성준은 왼손을 들어 올려 마력을 흡수한 뒤 대미궁의 진행로를 따라 분주히 걸음을 옮겼다.

"이쯤이었나?"

성준은 지도를 확인했다. 멀지 않은 곳에 아이템 보관고가 있었다. 그의 입가에 미소가 번졌다.

어떤 아이템이 보관되어 있을지 궁금했다. 분명 잠금 마법이나 자물쇠 같은 걸로 잠겨 있겠지만 성준에게는 '안벨의 만능열쇠'가 있었다.

-저도 아이템 보관고는 처음 가봅니다. 누가 지키고 있을지 궁금하군요.

"여단 소속의 기사가 지키고 있을 것 같군."

-아마 그럴 겁니다. '대미궁'이 기사 여단의 관할이니까요.

성준의 의견에 리슈발트도 동의했다.

"은신."

보관고에 가까워질수록 순찰 도는 병력이 자주 보였다. 성준은 은밀하게 행동하기 위해 다소의 마력 소모가 있더라도 아이템의 은신 기능을 사용하기로 했다.

아이템의 은신 효과에 성준의 기척 죽이기가 더해지자 병사들은 도저히 성준을 찾아내지 못했다. 덕분에 성준은 방해 없이 보관고에 도착했다.

"'대미궁'에 침입자가 있는 것 같습니다."

"훈련 중인 부대 중 일부와 연락이 두절되었습니다."

가까이 접근하니 하사관과 병사의 대화를 엿들을 수 있었다. 보관고 입구는 병사들이 방패를 들고 빈틈없이 막아섰기 때문에 은신 상태로 지나갈 순 없었다.

-전투는 불가피할 것 같습니다.

성준은 대답 대신 검을 들어 올렸다.

'오러 참격으로 대열을 무너트린다.'

성준이 마력을 끌어 올리자 은신이 해제되었다.

병사들은 모습이 드러난 성준에게 창을 겨눴고 후방의 궁병대가 화살을 시위에 걸었다.

하지만 궁병대보다 성준이 훨씬 빨랐다.

"슬래시!"

오러 참격이 직선으로 날아가면서 앞을 막는 모든 것을 절단했다.

"크아아악!"

"으아악!"

어딘가 잘려 나간 병사들이 고통에 찬 비명을 내지르며 쓰러졌다. 오러 참격은 진형을 무너트릴 뿐만 아니라 후방의 궁병대까지 덮쳤다.

10명의 궁병 중 6명이 피를 쏟으며 쓰러졌다.

"하앗!"

성준은 짧은 기합을 내지르며 진형 깊숙이 파고들었다.

너무나 빨라서 병사들은 반응조차 할 수 없었다.

그들이 알아차리기도 전에 성준의 검이 목숨을 앗아갔다.

“커헉!”

“도대체 어디에서 공격하는 거야!”

“하사관님! 벌써 절반이 당했습…… 크아아악!”

병사들은 최정예였지만 두 눈으로 좇을 수 없을 정도로 빠르게 움직이는 성준 탓에 대혼란이었다.

“대항할 수 없습니다! 어서 델포 경께 지원 요청을……!”

“델포 경께선 보관고 안을 지키셔야 한다! 양동작전일 수도 있지 않은가!”

그들은 전멸을 면치 못했다.

“흡수.”

그들에게서 마력을 흡수한 성준은 은신을 사용한 채 보관고 내부로 조심스럽게 진입했다.

보관고 안은 넓었다. 좌측과 우측, 그리고 정면의 벽면에 금고가 가득했다.

-여단의 기사입니다. 마법사는 황실 마탑 소속인 것 같습니다.

기사와 마법사가 보관고를 지키고 있었다.

리슈발트는 마법사가 입고 있는 로브의 색을 보고 황실 마탑 소속이라는 것을 알아냈다. 황실 마탑 소속의 마법사들은 노란색 로브를 입고 다녔다.

성준은 마법사를 먼저 처리할 생각이었다. 그는 단검을 뽑아 투척 자세를 잡았다. 그리고 힘차게 던졌다.

동시에 은신이 풀리고 기사의 시선이 성준에게 향했다.

"프로텍트."

직선으로 날아간 단검이 마법사의 미간을 꿰뚫을 것이란 사실을 믿어 의심치 않았지만 마법사가 시전한 방어 마법에 막히고 말았다.

오러가 깃든 단검을 막아낼 정도로 방어 마법에 부여된 마력량이 많았다.

"기사 여단 서열 465위 델포! 황제 폐하의 이름으로 침입자를 처단한다!"

여단의 기사, 스스로를 서열 465위라고 소개한 델포는 오러가 일렁이는 검을 휘두르며 성준을 향해 고속 이동술을 펼쳤다.

빠르게 거리를 좁혀 오는 델포를 보며 성준은 검을 들어 올려 방어 자세를 취했다. 참격을 날릴 여유는 없었다.

쿵!

"큭!"

델포의 검격을 버텨낸 성준의 입에서 신음이 흘러나왔다. 검에 실린 힘이 제법 묵직했다.

굉음과 함께 돌바닥이 갈라졌다.

델포가 성준을 막아내는 동안 마법사는 입술을 움직이며

주문을 영창하고 있었다.

-주군! 마법사를 저지해야 합니다!

리슈발트가 경고했다. 마법사에게서 심상치 않은 마력의 흐름이 느껴졌다.

성준은 동조율 25%가 되면서 깨달은 회심의 기술을 사용하기로 마음먹고 한 걸음 물러나며 공격 자세를 취했다. 오러와는 별개로 그의 전신에 마력이 차올랐다.

델포는 그 모습에 검을 고쳐 쥐며 반격을 준비했다.

그리고 성준이 시동어를 내뱉으려는 찰나였다.

마법을 완성한 마법사가 싸늘한 시선을 던지며 시동어를 내뱉기 위해 입을 열었다.

"슬로우."

대상을 느리게 만드는 상위 마법이 완성되었다. 성준의 움직임이 눈에 띄게 느려졌다.

델포는 그 순간을 놓치지 않았다. 휘두른 검이 성준의 목을 노렸다.

"크흑!"

그는 목을 내주는 대신 팔을 들어 올렸다. 붉은 피가 허공에 흩뿌려지면서 고통이 찾아왔다.

깊은 상처를 입었지만 다행히 팔이 잘려 나가지는 않았다.

"살을 내주고 목숨을 보전하다니! 실전 경험이 없는 놈은 아니구나!"

델포는 곧바로 검을 회수하며 연격을 준비했다.

하지만 성준은 가만히 당하고만 있을 생각이 없었다. 그는 델포와 마법사를 노려보며 살기를 해방했다.

"헉!"

"커헉!"

고요한 눈동자에 섞여 있는 얼음 폭풍과도 같은 날카로운 살기에 델포의 움직임이 일순간 멈췄다.

그나마 전장에서 살아오면서 실전 경험이 풍부한 델포는 조금 나았다. 하지만 그의 뒤에서 슬로우를 유지하고 있던 마법사는 일순간 찾아온 호흡곤란으로 인해 슬로우를 더 이상 유지하지 못했다.

'풀렸다!'

슬로우의 제약에서 벗어난 성준은 델포를 향해 파고들며 입을 열었다.

"환영검!"

왼팔의 부상이 깊은 탓에 제한된 환영검조차 완벽하게 구사하지 못했다. 하나 4개뿐인 환영검도 치명적인 일격이라는 사실은 변함없었다.

"크학!"

간신히 살기의 억압에서 벗어난 델포는 검을 들어 올려 방어를 시도했지만 1개의 칼날을 막았을 뿐이었다.

남은 3개의 칼날이 그의 급소를 찌르고 베었다.

"크으윽!"

델포는 신음을 토해내며 힘겹게 버텨보려 했지만 의식은 아득하게 멀어지고 있었다. 그는 끝내 더 이상 버티지 못하고 풀썩 쓰러졌고, 성준의 시선은 마법사에게 향했다.

"크윽……!"

살기 탓에 희미해졌던 의식이 돌아온 마법사는 급한 마음에 무영창 공격 마법을 시전했다. 허공에 생성된 화염구 다섯이 쇄도했지만 성준에게는 너무나 느렸다.

"피, 피했어?"

마법사는 놀란 기색이 역력했다. 무영창 공격 마법으로 시간을 벌려는 생각이었겠지만 상대가 너무 나빴다.

"힐!"

성준은 마법사와의 거리를 빠르게 좁히며 치유를 시전했다. 왼팔의 상처는 깊었지만 사제복의 증폭 효과를 받은 성준의 힐량이 워낙 엄청나서 순식간에 출혈이 멎고 회복되기 시작했다.

"저, 전투 사제?"

마법사는 자신을 향해 빠르게 접근하는 백색의 섬광을 보았다. 그리고 다음 순간, 고통이 찾아왔다.

"아앗…… 아……."

가슴에서 느껴지는 고통 때문에 고개를 숙이자 흉부에 꽂혀 있는 검이 보였다. 자세히는 알 수 없지만 심장을 관통 당한 것 같았다.

"쿨럭!"

마법사는 피를 한 움큼 토해냈다. 심장이 검이 꽂힌 탓에 저항할 방법은 없었다.

성준이 검을 뽑아내자 마법사는 힘없이 쓰러졌다.

-기사와 마법사의 조합을 이렇게 쉽게 격파하다니! 역시 주군은 대단합니다!

리슈발트가 감탄했다.

성준은 쓰러진 시체들에서 마력을 흡수했다.

"리슈발트, 동조율은?"

-그대로입니다.

"그래?"

각성 던전에 진입하고 적지 않은 양의 마력을 흡수했지만 동조율은 오르지 않았다.

성준이 고개를 갸웃하자 리슈발트는 설명을 위해 입을 열었다.

-동조율이 오를수록 상승을 위한 마력이 많이 필요합니다. 지구의 게임에서 레벨이 올라갈수록 경험치가 많이 필요한 것과 비슷합니다.

"리슈발트, 너무 열심히 공부한 거 같은데?"

리슈발트의 예시를 곁들인 설명에 성준은 웃음을 터트리고 말았다.

지구 문화를 배우고자 하는 그의 열정은 엄청났다. 이제는 게임의 레벨과 경험치에 대해서도 완전히 이해할 정도가 되었다.

-새로운 아이템의 존재를 확인.

마력을 흡수하기 무섭게 계측기가 반응했다. 성준은 먼저 마법사의 시체를 살폈지만 아이템은 나오지 않았다. 이윽고 그의 시선이 델포의 시체가 있는 곳으로 향했다.

-기사 여단의 반지가 있습니다.

리슈발트는 '465'라는 숫자가 적혀 있는 '기사 여단의 반지'에 마력을 흘려보냈다. 성준은 반지를 빼서 계측기에 가져갔다.

[기사 여단의 반지]

B급.

오러 지속 효과 확인.

기계음과 함께 아이템 감정 정보가 계측기의 화면에 나타났다. 성준은 자신이 끼고 있던 반지를 빼서 왼손에 올렸다.

"리슈발트, 합성이다."

-알겠습니다.

리슈발트가 마력을 흩뿌리자 '465'라는 숫자가 각인된 반지에 다른 반지가 흡수되었다.

[기사 여단의 반지+2]

B급.

오러 지속 효과 확인.

합성이 끝난 뒤, 계측기로 확인한 '기사 여단의 반지' 정보엔 +2가 붙게 되었다.

-2회 합성되면서 오러 지속 효과가 추가로 30초 상승하여 반지의 효과로만 오러 지속 보정이 2분이 되었습니다.

리슈발트는 성준이 아이템 효과를 빨리 파악할 수 있도록 충실하게 설명했다.

"이제 자물쇠를 따볼까?"

성준은 들뜬 감정이 느껴지는 목소리로 가방에서 '안벨의 만능열쇠'를 꺼냈다.

보관고에는 금고가 아주 많았다.

그는 우선 금고 하나를 열었다. 자물쇠에 열쇠를 가져간 상태에서 마력을 주입하자 술식이 파괴되면서 자물쇠가 열렸다.

-새로운 아이템의 존재를 확인.

계측기가 반응했다.

"일단 하나."

성준은 바로 옆의 금고로 발걸음을 옮겼다. 그리고 열쇠를 자물쇠에 가져간 채 마력을 주입했지만 아무 일도 벌어지지 않았다.

"이거 왜 이러지?"

성준은 당황했지만 리슈발트는 침착하게 열쇠의 상태를 살핀 끝에 차분한 표정으로 입을 열었다.

-아무래도 충전이 필요한 것 같습니다. 해제 술식을 유지하는 내장 마력이 바닥났습니다.

"내 마력으로 보충하면 안 되는 건가?"

성준의 물음에 리슈발트는 고개를 끄덕였다.

-만능열쇠의 술식은 특이해서 내장 마력에만 반응합니다. 주군의 마력, 즉 외부의 마력은 내장 마력을 자극해서 술식으로 흘려보내는 역할을 할 뿐입니다.

"내장 마력이 자연 충전되려면 얼마나 걸릴 것 같아?"

-최소 며칠은 걸릴 것 같습니다. 방금 전에 연 금고의 잠금 술식이 강력했던 모양인지 내장 마력이 모두 소진되었습니다.

리슈발트의 설명에 성준은 입술을 깨물었다. 다른 금고가 탐났지만 며칠씩이나 대미궁에서 체류할 수는 없었다.

바깥의 시간이 멈췄다고는 하지만 식량이 모자랐다. 굶을 수도 있겠지만 영양 보충이 제대로 되지 않은 상태에서 강한 적을 만나면 곤란했다.

"하나로 만족해야겠네."

성준은 아쉬움을 삼키며 방금 전에 연 금고에서 작은 가죽 주머니를 꺼냈다. 계측기가 반응했으니 아이템이 분명했다.

금고 안에는 가죽 주머니 외에도 금화가 잔뜩 들어 있었다. 성준은 계측기로 가죽 주머니의 정보를 확인했다.

[알 수 없는 가죽 주머니]

A급.

알 수 없음.

"리슈발트."

성준은 리슈발트의 이름을 부르며 가죽 주머니를 들어 올렸다. 성준은 자세히 설명하지 않았지만 리슈발트는 그의 의도를 알아채고는 손을 뻗어서 마력을 흘려보냈다.

-이계의 기운을 거뒀습니다.

리슈발트가 보고했다.

성준은 고개를 끄덕이며 다시 계측기의 감정 기능을 사용했다.

[발트거의 차원 주머니]

A급.

아공간 보관 효과 확인.2

계측기 화면에 아이템의 정보가 나타났다.

"발트거의 차원 주머니? 발트거가 누구더라?"

차원 주머니에 대한 기억은 선명했지만 발트거라는 이름에 대해서는 기억이 흐릿했다.

차원 주머니는 아공간 마법이 부여되어 외형에 비해 많은 물품을 넣을 수 있는 쓸모 있는 아이템이었다.

-발트거라면 제국 초기의 대마법사이자 후작입니다. 대미궁을 만든 3명의 대마법사 중 한 명입니다.

"아…… 이제 기억났다."

리슈발트의 설명 덕분에 잠자고 있던 기억이 깨어났다.

-그나저나 차원 주머니라니…… 예상외의 수확입니다. 리도니아 대평원 전투 이후로 제국의 기술에 발전이 없다면 차원 주머니 생산은 불가능한 상태일 겁니다. 제국 1차 내전에서 아공간 마법 술식의 상당량이 유실되었거든요.

성준은 고개를 끄덕이며 입을 열었다.

"아마 이건 지구의 던전에서도 구하기 힘들 거야. 헌터닷컴에서 차원 주머니에 대한 이야기를 들은 적이 없거든."

-축하드립니다, 주군.

리슈발트의 축하에 성준은 미소를 지으며 고개를 끄덕였다.

"그럼 금화를 넣어볼까?"

가방에 넣기에는 많은 양이었다.

'발트거의 차원 주머니'는 성준이 금고에서 쏟아낸 금화를 게걸스럽게 먹어치웠다. 곧 금고 안의 금화가 바닥났다.

-아직 용량이 남아 있습니다. 발트거 후작이 만든 아이템답게 훌륭한 품질입니다.

리슈발트는 차원 주머니의 용량에 감탄했다. 그것은 성준도 마찬가지였다.

"이동하자."

금고는 많았다. 하지만 아쉬움을 뒤로하고 발걸음을 옮길 수밖에 없었다.

성준은 보관고를 나오며 지도를 꺼내 들었다.

"보스는 어디 있을 거라고 생각해?"

성준의 물음에 리슈발트는 펼쳐진 지도를 빠르게 훑었다. 그리고 검지로 지도의 중앙에 가까운 지점을 가리켰다.

-훈련 총감 집무실입니다.

"훈련 총감이면 여단에서도 '대미궁'을 관리하는 직위였던가?"

성준은 기억을 더듬었다.

리슈발트는 고개를 끄덕이며 입을 열었다.

-그렇습니다. '대미궁'을 관리하는 직위에 있는 기사가 보스일 확률이 높다고 생각됩니다.

성준은 지도를 접어서 집어넣었다.

"훈련 총감 집무실이라…… 그렇게 멀지는 않네."

-하지만 조금 전에 병사들의 반응을 볼 때 이미 저희의 침입 사실이 전파되었을 확률이 매우 높습니다.

"동의한다. 수비 병력이 집결했겠지만 나를 막을 수는 없지."

-물론입니다.

성준은 빠르게 발걸음을 옮겼다. 집무실과 가까워질수록 많은 수를 보이는 수비 병력의 모습에 성준은 마력을 소모하더라도 은신 아이템을 사용하기로 했다.

"뭔가 온다!"

훈련 총감 집무실을 얼마 남겨 두지 않은 상황, 은신 아이템을 사용해서 쉽게 침투했지만 운이 없게도 수비 병력 측에 꽤 수준 높은 마법사가 있었다.

그는 성준의 접근을 눈치채고 공격 마법을 퍼부었다.

무영창이라서 위력은 약했지만 회피 행동 때문에 은신 상태가 해제되고 말았다.

"큭!"

성준은 옆으로 몸을 날리며 검을 뽑았다. 10여 명의 병사가 성준의 앞을 막아섰다.

"유감이야. 조용히 지나가게 해줬으면 목숨은 건졌을 텐데……."

목소리에서 묻어 나오는 짙은 살기에 병사들은 본능적인 두려움을 느끼고 뒤로 몇 걸음 물러났다.

"물러나지 마라! 헤이스트!"

마법사는 병사들에게 버프를 걸었지만 성준은 이미 병사들을 넘어 마법사를 향해 쇄도하고 있었다.

"파이어볼!"

짧은 영창과 함께 뜨거운 불길을 머금은 화염구가 성준을 노렸다. 성준은 마력의 흐름을 읽고 검을 휘둘렀다.

화염구를 이루고 있던 불꽃이 허공에서 힘없이 흩어졌다.

"파, 파마검?"

마법사는 경악했다. 파마검의 이론은 널리 알려져 있지만 고등 검술에 속하는 높은 난이도 탓에 구사할 수 있는 자가 많지 않았다.

'와, 완벽한 파마검이었다!'

교과서라고 불러도 좋을 정도였다.

"쿨럭!"

어느새 성준이 내찌른 칼날이 마법사의 심장을 꿰뚫고 있었다.

보관고를 지키고 있던 마법사보다 수준이 높은 자였지만 근접전에 약하다는 마법사의 약점을 극복할 정도의 실력자는 아니었다.

"마, 마법사님이!"

강력한 공격 마법을 발휘해 수십의 적을 단숨에 해치워 버리는 마법사가 순식간에 목숨을 잃자 병사들은 동요했다.

하지만 그뿐이었다.

"정렬! 흩어지면 죽는다!"

그들은 잘 훈련된 정예 병력이었다. 하사관의 호령에 잠시나마 두려움을 잊고 대열을 갖췄다. 성준을 향해 창을 겨누고 방패를 들어 올렸다.

하지만 모두 의미 없는 행동이었다.

"슬래시."

성준이 시동어와 함께 검을 크게 휘두르자 오러 참격이 날아가 진형을 무너트렸다.

"크아아악!"

"사, 살려줘……!"

일격에 8명의 병사가 피를 쏟으며 쓰러졌다.

후방에서 대기 중이던 수비 병력이 전투로 인한 소란을 눈치채고 성준이 있는 곳으로 급히 이동했지만 이미 배치되어 있던 병력이 전멸한 뒤였다.

"헉!"

"오러 사용자?"

전진하던 병사들은 희미한 조명 아래에서 환하게 빛나는 오러를 발견하고는 급히 걸음을 멈췄다.

"전투태……."

지시를 내리려는 하사관의 목에 단검이 날아와 꽂혔다. 하사관은 붉은 피를 한 움큼 토해내며 힘없이 쓰러졌다.

다른 하사관이 지휘권을 행사하기 위해 지휘기를 들어 올리는 찰나의 순간에 성준은 이미 진형 깊숙이 침투하고 있었다.

"치, 침투?"

누군가 말했다. 그리고 죽었다. 침투 사실을 깨달았을 땐 이미 많은 병사가 쓰러지고 난 뒤였다.

성준은 칼날에 묻은 피를 허공에 흩뿌리며 입을 열었다.

"조심해라."

흩날리는 핏방울과 함께 싸늘한 살기도 짙게 퍼져 나갔다.

"앞을 막으면 자비는 없어."

질풍과도 같은 검격의 연속이 병사들을 휩쓸었다.

방진은 무너진 지 오래였다. 병사들이 성준에게 대항할 방법은 없었다. 그들은 허무하게 죽음을 맞이했다.

"안 도망쳐?"

방진이 무너져도, 지휘관이 죽어도, 병사들은 저항을 멈추지 않았다.

성준은 진심으로 궁금해서 살아남은 한 명의 병사에게 물었다.

"우리는 황제 폐하의 최전선에 서는 기사 여단의 선봉! 결코 물러서지 않는다!"

피투성이가 된 병사의 대답을 들은 후에야 기사 여단은 제국을 위해 죽는 것을 최고의 영광으로 여긴다는 사실을 떠올릴 수 있었다.

"의미 없는 짓을……."

성준은 허탈한 표정으로 유일하게 살아남은 병사의 목을 쳤다.

황제에게 대한 맹목적인 충성이 어떤 결과를 낳는지 알고 있었기 때문에 병사의 충성스러운 태도를 보며 고개를 저을 수밖에 없었다.

"더 이상은 지나갈 수 없다!"

중갑을 입은 기사가 성준의 앞을 막아섰다.

-기사 여단 소속의 케르트입니다. 리도니아 대평원에서 운 좋게 살아남은 모양이군요.

"서열은?"

성준이 작은 목소리로 물었다. 케르트에 대한 기억은 없었다.

리슈발트는 두 눈을 가늘게 뜨고 기억을 더듬은 끝에 입을 열었다.

-리도니아 대평원 전투 당시에 489위였습니다. 지금은 모르겠습니다.

리슈발트의 대답에 성준은 대답 대신 고개를 끄덕였다.

리도니아 대평원에서 여단 소속의 많은 기사가 목숨을 잃었으니 재편성되었더라도 서열이 많이 하락하진 않았을 것이라 생각되었다.

-서열은 낮지만 여단에 소속된 기사입니다. 케르트의 실력도 제국 내에선 뛰어난 편입니다.

돌려 말했지만 방심은 금물이라는 소리였다.

성준은 입꼬리를 끌어 올렸다.

“쓸데없는 걱정이야.”

“기분 나쁘게 뭘 중얼거리는 것이냐!”

케르트가 먼저 움직였다. 그가 고속 이동술을 펼쳤다.

둘 사이의 거리가 빠르게 좁혀졌지만 그의 움직임은 쉽게 간파되었다.

성준은 뒤로 반걸음 물러서는 것으로 케르트의 횡 베기를 피했다.

“이럴 수가!”

자신의 공격을 이렇게 쉽게 회피할 것이라고는 예상하지 못했는지 케르트의 얼굴에 당황한 기색이 역력했다.

그러나 그는 실전 경험이 풍부한 최정예 기사였다. 당황한 것도 잠시, 곧바로 검을 회수하여 성준의 반격에 대비했다.

"크!"

케르트는 성준의 검을 막아냈지만 검에 실린 무자비한 힘에 밀려 휘청거렸다. 빈틈을 포착한 성준의 두 눈이 날카롭게 빛났다.

그는 검을 회수하는 대신 빠른 연격을 위해 단검을 뽑아 들었다.

"크악!"

성준이 던진 단검이 케르트의 왼쪽 허벅지에 꽂혔다. 근거리에서 던진 거라서 쉽게 피할 수 없었던 모양이었다.

오러가 깃든 단검 앞에서 갑옷은 무의미했다.

"제기랄!"

케르트는 욕설과 함께 반사적으로 검을 휘둘렀다. 무분별한 공격에 성준은 왼팔에 깊은 상처를 입고 말았다.

그 모습을 본 케르트는 입꼬리를 끌어 올리며 물러섰다.

"이걸로 동점인가?"

"아니."

성준은 케르트의 말에 차갑게 대답하며 마력을 끌어 올렸다.

"힐."

백색의 빛이 상처를 치유했다. 케르트가 재정비를 위해 뒤로 물러난 덕분에 힐을 사용할 여유가 생겼다.

"사, 사제가 검술을……? 도대체……."

성준이 '힐'까지 사용하자 케르트는 경악했다. 전투 사제로 보기에는 검술 실력이 너무나 정교했다.

케르트가 동요하면서 생긴 짧은 틈을 노리고 성준이 고속 이동술을 펼쳤다. 그는 케르트에게 깊숙이 파고들며 힘차게 검을 내찔렀다.

"크윽!"

치열한 공방 끝에 성준의 검이 케르트의 복부를 꿰뚫었다. 케르트는 고통에 찬 신음과 함께 붉은 피를 토해냈다.

'이, 이 검술은 로우켈 경의……?'

돌바닥에 붉은 자국이 번졌다. 복부를 꿰뚫은 검을 한 차례 비틀며 뽑아내자 케르트는 힘없이 비틀거렸다.

방어 자세는 완전히 무너졌고 이제 마지막 일격만 가하면 승리를 거머쥐는 상황이었다.

"살려달라는 소리는 듣지 않겠다. 배신자에게 자비는 없으니까."

"그, 그게 무슨……."

"정당방위다."

성준은 말뜻을 이해하지 못하는 표정을 짓는 케르트를 향해 검을 고쳐 쥐며 싸늘한 시선을 보냈다.

"배신자에게 더 이상의 설명은 필요 없어."

자비 없는 칼날이 케르트의 목을 그었다. 붉은 피가 튀었다.

성준은 힘없이 쓰러진 케르트의 손에서 기사 여단의 반지를 뺐다. 마력을 흡수하는 것도 잊지 않았다. 리슈발트가 동조율이 1% 올랐다는 사실을 보고했다.

성준은 반지를 자세히 살폈다.

"서열 466위야. 재편성된 기사들의 실력이 뛰어난 것 같네. 여단이 전멸에 가까운 피해를 입은 것치고는 서열이 많이 오르지 않았어."

-이제는 인정하기 싫은 사실이지만 제국에는 뛰어난 인재가 많습니다.

"그런 것 같아."

성준은 고개를 끄덕였다. 리슈발트에게 반지의 합성을 부탁했다. 465위의 반지가 상위였기 때문에 합성해도 각인된 숫자는 변하지 않았다.

합성이 끝나고 성준은 계측기를 사용해 정보를 확인했다.

[기사 여단의 반지+3]

B급.

오러 지속 효과 확인.

성준은 만족스러운 표정으로 반지를 다시 손에 꼈다.

"가자."

-주군, 흡수로 마력을 회복하고 있다고는 하지만 마력의 많이 남아 있지 않습니다. 다음 전투에서 오러를 사용하려면 은신을 아껴둬야 할 것 같습니다.

대미궁에서 치열한 전투를 며칠 동안 계속해 온 탓에 흡수로 회복한 마력보다 소모한 마력이 더욱 많았다.

은신과 오러는 마력을 많이 소모하기 때문에 이동시에 은신 사용을 자제해야 한다는 게 리슈발트의 생각이었고, 성준도 고개를 끄덕이며 동의했다.

그는 은신 아이템을 사용하지 않는 대신에 최대한 기척을 죽인 채 천천히 이동했다. 얼마 지나지 않아서 지금까지 본 적 없었던 거대한 공동이 모습을 드러냈다.

-여기에 훈련 총감 집무실이 있습니다.

리슈발트가 말했다.

넓은 공동 안에는 작은 건물이 몇 개 보였다. 막사로 쓰이는 것 같은 건물이 5개였고 그 중앙에는 유일한 2층 건물이 있었다.

-훈련 총감입니다.

리슈발트가 2층 건물 앞을 검지로 가리켰다. 무장한 병사들이 집결해 있었다. 훈련 총감으로 보이는 기사가 병사들에게 이런저런 지시를 내리고 있었다.

로브를 입은 마법사 5명이 주변을 경계 중이었다.

-마력의 유동이 느껴집니다.

리슈발트의 말에 성준은 고개를 끄덕이며 입을 열었다.

“적어도 3명이 탐색 마법을 유지하고 있는 것 같아. 무작정 접근하는 건 좋지 않을 것 같다.”

-참격으로 시선을 분산시킨 뒤 은신을 사용해서 침투하는 게 좋지 않겠습니까? 집중이 흐트러지면 탐색 마법이 중단될 겁니다. 주군이라면 마법사들이 탐색 마법을 다시 캐스팅하기 전에 접근할 수 있습니다.

리슈발트는 성준을 보며 강한 신뢰를 보냈다.

성준은 대답 대신 검을 뽑아 들었다.

탐색 마법의 범위 밖이었지만 검신에 오러를 부여한 순간 마력의 유동을 감지한 마법사들의 시선이 일제히 성준이 있는 곳으로 향했다.

“적이다!”

5명의 마법사가 일제히 무영창으로 만들어낸 수십의 화염구가 성준이 있는 곳으로 쇄도했다.

동시에 성준이 검을 휘둘러 오러 참격을 날렸다.

오러 참격은 마법사들을 향해 직선으로 날아갔고, 성준은 화염구를 피하기 위해 옆으로 몸을 던졌다.

파마검으로 제거하기엔 화염구의 수가 너무나 많았다.

“프로텍트!”

“실드!”

마법사들은 황급히 방어 마법을 캐스팅했지만 강력한 오러 참격은 가장 앞에 있던 방어 마법을 찢고 들어갔다.

참격은 마법사의 상체와 하체를 분리시키고도 멈추지 않았지만 위력이 상당히 약해진 탓에 다음 방어 마법에 충돌하여 소멸했다.

"다이크 경! 캐스팅할 동안 엄호를 부탁합니다!"

"방진 앞으로! 지연 전투에 임하라!"

훈련 총감 다이크의 명령에 창과 방패를 든 병사들이 앞으로 나섰지만 성준의 모습은 찾을 수 없었다.

"적의 모습이 보이지 않습니다!"

"은신이다! 어서 탐색 마법을!"

"마법사님들을 보호하라!"

성준은 은신한 상태로 마법사들을 노렸지만 병사들이 인간 방패를 자처하고 사각 방진을 구축한 탓에 쉽지 않았다.

'충돌이 없으면 침투는 힘들겠군.'

성준은 입술을 깨물었다. 고민할 시간은 별로 없었다. 지금도 마법사들은 탐색 마법을 캐스팅하는 중이었다.

1명이면 모를까, 5명의 탐색 마법이 완성되면 은신한 위치가 발각되는 것은 시간문제였다.

'부딪치는 수밖에 없다……!'

성준은 병사의 방패를 밟고 뛰어올라 방진 깊숙한 곳으로 침투하며 검을 휘둘렀다. 은신이 해방되기 무섭게 마법사들이 탐색 마법을 중단하고 공격 마법을 시전했다.

난전에서 큰 효과를 발휘하는 유도형 공격 마법들이 성준을 노렸다. 위력은 뛰어나지 않았지만 다른 곳에 피해를 입히지 않고 집요하게 성준을 노렸다.

'실전 경험이 풍부한 놈들이다……!'

기사 여단을 주로 지원하는 황실 마탑의 소속 마법사들도 실전 경험이 풍부한 것으로 유명했다.

"큭!"

회피를 시도했지만 병사들의 창질과 수십의 유도 마법을 모두 피할 수는 없었다. 날카로운 바람의 칼날이 성준의 왼쪽 허리를 베고 지나갔다.

성준은 짧은 신음을 흘렸다.

-상처는 깊지 않습니다!

쏟아지는 유도 마법들을 피하느라 상처를 살피지 못하는 성준을 대신해서 리슈발트가 보고했다.

"제기랄!"

욕설이 절로 튀어나왔다.

전문적인 합격 훈련을 받은 마법사들인지, 쏟아지는 유도 마법은 천라지망처럼 점차 좁혀 왔다. 유도 마법이라고는 하지만 소나기처럼 쏟아지는 탓에 같은 편인 병사 몇 명이 맞고 쓰러지기도 했다. 하지만 그들은 개의치 않았다.

정예병이라고는 하지만 보충 가능한 소모품에 불과했다.

'1명이 쓰러지면 2명을 보내 가세한다는 말 그대로군.'

제국에 대한 것을 하나 더 떠올리게 된 성준이 쓰게 웃었다.

"커헉!"

"으악!"

폭풍처럼 몰아치는 유도 마법의 파도에 병사들이 허수아비처럼 쓰러져 갔다. 마법사들은 교차 사격하는 전열 보병들처럼 순차적으로 유도 마법을 퍼부었다.

쉴 틈이 없었다. 파마검을 사용하기엔 유도 마법의 수가 너무 많았다.

위기였다. 성준은 식은땀이 흐르는 기분을 느꼈다.

힐을 사용할 여유도 없었다. 피하는 것이 최선이었다.

'이대로는 끝이 없어.'

마법사들의 마력이 바닥난다고 해도 그때가 되면 성준도 많이 지칠 것이다. 훈련 총감 다이크가 나선다면 감당할 수 없었다.

'초월을 사용해야 하나……?'

성준은 고민하다가 이내 고개를 저었다. 동조율 초월이 유지되는 동안 모든 적을 전부 쓸어버릴 자신이 없었다.

적어도 거치적거리는 병사들을 정리하고 사용해야 초월 시간의 낭비가 없을 것이다.

-15초 뒤에 아주 짧지만 공백이 생깁니다. 유도 마법은 치명적이지 않고 주군께서는 치유를 사용할 수 있으니 일단은 살을 주고 물러나시지요.

리슈발트가 진언했다. 이윽고 그가 말한 순간이 찾아왔다.

고민할 이유도, 여유도 없었다. 성준은 유도 마법을 맞아가면서 뒤로 물러나서 은신을 사용했다.

"은신입니다!"

누군가 외쳤다.

"제국군에 긴급 지원을 요청해라!"

"알 수 없는 이유로 외부와 차단되어 있습니다!"

"침입자 탓인가? 마법사들은 탐색 마법을 펼치고 보병대는 출구를 봉쇄하라!"

병사들이 발 빠르게 움직였다.

-퇴로가 차단되었습니다.

리슈발트가 퇴로가 차단되었다는 사실을 보고했다. 하지만 성준은 입꼬리를 끌어 올렸다. 방진을 유지하고 있던 병사들의 일부가 출구를 봉쇄하면서 방진에 빈틈이 많이 생겼다.

이제 마법사를 노릴 수 있었다.

성준은 기척을 죽인 채 가장 가까운 마법사와 거리를 좁혔다. 탐색 마법이 완성되기 전에 그의 칼끝이 마법사의 목을 찔렀다.

"끄르륵……!"

가래 끓는 소리와 함께 굳게 닫혀 있던 입이 열리면서 새빨간 피가 쏟아졌다.

'이제 3명!'

성준의 입가에 미소가 번졌다. 남은 마법사들은 뒤로 물러나며 탐색 마법 캐스팅을 중단하고 공격 마법을 준비했다.

하지만 성준은 다시 모습을 감춘 뒤였다.

"제기랄!"

누군가 욕설을 내뱉었다. 결국 병사들을 지휘하고 있던 다이크가 마법사들을 보호하기 위해 움직였다.

한 번에 몰살당할 것을 우려해 산개해 있던 마법사들은 다이크의 보호를 받기 위해 그의 주변으로 모여들었다.

'슬슬 힐을…… 은신은 이제 한계야.'

힐을 시전하고 오러를 사용하려면 이제 은신을 중단해야 했다. 성준은 가까운 병사의 목을 베었다.

은신이 해제되자 그는 왼손을 들어 올리며 입을 열었다.

"흡수!"

"파이어 스피어!"

동시에 캐스팅을 끝낸 마법사가 공격 마법을 시전했다. 이글거리는 화염을 머금은 불의 창이 성준을 향해 쇄도했지만 그는 피하지 않고 자리를 지켰다.

다른 마법사들도 저마다 캐스팅을 시작했고, 파이어 스피어를 날린 마법사는 성준이 불에 타는 모습을 상상하며 기분 좋은 웃음을 흘렸다.

그러나 그의 뜻대로 되지는 않았다.

"하앗!"

짧은 기합과 함께 휘두른 검이 불의 창을 베었다. 두 개로 갈라진 불꽃은 힘없이 흩어졌다.

성준은 마법사들이 당황하는 틈에 마력을 끌어 올리며 입을 열었다.

"힐!"

출혈이 멎고 상처가 빠르게 회복되기 시작했다.

"파마검이다! 고위 마법을 준비해라! 내가 시간을 끌겠다!"

고위 마법을 베기 위해서는 파마검에 대한 이해도가 높아야 한다. 그래서 다이크는 마법사들에게 시간이 걸리더라도 힘을 모아서 고위 마법을 시전하게 했다. 성준의 파마검이 고위 마법을 벨 정도의 경지가 아니라고 생각한 것이었다.

"도망칠 수 없다!"

다이크가 고속 이동술을 펼쳤다. 성준이 은신을 사용하기 전에 거리를 좁혀서 그를 견제할 생각이었다.

"집결!"

성준과 다이크와 공방을 펼치는 동안 하사관은 병사들을 집결시켜 방진을 재구축했다.

'전력을 다해야 해……!'

짧지만 다이크와 공방을 펼친 성준은 그의 검술 실력이 수준급이라는 것을 인정하지 않을 수 없었다.

'고위 마법이 완성되기 전에 죽여야 해……!'

성준은 살기를 해방했다.

"컥?"

하지만 다이크는 마력도 많이 보유했고 실력자이기도 했기 때문에 살기에 저항조차 못하고 스러지는 병사들과 달리 짧은 신음만 흘릴 뿐이었다. 살기가 그의 움직임을 잠시나마 제약한 것인지 멈칫했지만 그뿐이었다.

성준은 환영검을 사용하려고 했지만 다이크가 먼저 화려한 검술을 펼치며 반격해 왔다. 차가운 칼날이 아슬아슬하게 목을 스치고 지나갔다.

"큭!"

서늘한 느낌에 성준은 신음을 내뱉었다. 살갗이 갈라지고 핏물이 튀었지만 상처는 깊지 않았다.

성준은 속임수를 섞은 실전 검술로 대응했지만 다이크도 실전 경험이 풍부했다. 교묘하게 섞인 속임수를 간파해서 반격을 펼치는 그의 검술은 수준급이었다.

"괴물 같은 놈이군! 엘리트 나이트냐?"

다이크의 물음에 성준의 기억 속에서 '엘리트 나이트'라는 단어가 떠올랐다. 그들은 제국과 대적이 가능한 유일한 세력인 왕국 연합의 최정예 기사 집단이었다.

다이크는 성준이 복수를 위해 환생한 로우켈이라는 것을 알리가 없었기 때문에 왕국 연합의 엘리트 나이트라고 추측했다.

"마음대로 생각해라."

성준은 냉소와 함께 다이크의 검을 받아냈다. 그의 검에 실린 힘은 실로 무거웠지만 동조율 26%를 달성한 성준의 완력 또한 만만치 않았다.

'환영검을 쓸 틈이 없다……!'

지금 동조율에서 구사할 수 있는 가장 치명적인 기술인 '환영검'을 사용하려 했지만 다이크의 폭풍 같은 공세 탓에 기회가 없었다.

다이크의 뒤에서 마력의 유동이 점차 거대해지는 것으로 보아 고위 마법의 캐스팅이 끝을 보이고 있는 것 같았다.

다급해질 법도 했지만 성준은 침착하게 생각하기로 했다.

'고위 마법이 완성되면 분명히 뒤로 물러날 거야……. 그때 환영검을 쓴다…….'

다이크도 고위 마법에 같이 휘말릴 생각은 없을 테니 필시 뒤로 물러날 것이다.

그 순간을 노릴 생각이었다.

"다이크 경!"

"홍염의 심판!"

캐스팅이 끝나자 마법사 하나가 대표로 시동어를 내뱉으며 고위 마법을 완성했다. 성준의 머리 위에 붉은 마법진이 생성되었다.

다이크는 침착하게 방어 자세를 취하며 견제를 위한 검격과 함께 뒤로 물러나려 했다. 신속하게 후퇴해야만 고위 마법의 범위에서 벗어날 수 있었다.

하지만 성준은 가만히 보고만 있지 않았다.

성준이 전력을 다해 고속 이동술을 펼쳐 거리를 좁혔다.

"허억?"

일순간 거리를 좁혀 오는 맹렬한 기세의 돌진에 다이크는 오러가 빛나는 검을 들어 올렸다. 완벽에 가까운 방어 자세였지만 유감스럽게도 성준에게는 일격 필살의 기술이 남아 있었다.

많은 마력을 소모하지만 적에게 치명상을 입힐 수 있는 그것은 바로!

"환영검!"

마력의 상당량이 순식간에 빠져나가며 6개의 환영검이 소환되어 다이크를 향해 쇄도했다. 동시에 6곳의 급소를 노리는 공격에 다이크의 안색이 창백해졌다.

"이, 이 기술은……!"

1초가 되지 않는 짧은 순간, 환영검들이 급소를 찌르기 직전에 다이크는 깨달았다.

기사 학교에서 질리도록 배웠던, 제국 역사상 가장 고귀했던 기사. 하지만 황제의 척살령으로 인해 리도니아 대평원에서 목숨을 잃은 최고 기사 로우켈의 기술이 분명하다는 것을.

'미숙하지만 로우켈 경의 환영검이 분명하다!'

완전하지는 않지만 환영검이 분명했다. 그것은 곧 어떤 방어 자세를 취해도 그의 수준으로는 막을 수 없다는 것을 의미했다.

"커헉!"

방어를 시도할 엄두도 낼 수 없었다, 무의미하다는 것을 알기에.

환영검의 칼날이 6곳의 급소를 찌르고 베었다.

다이크의 숨이 끊어졌다.

"다이크 경!"

누군가 외쳤다.

붉은 마법진이 열리고 지독한 화염이 쏟아졌지만 성준은 이미 고속 이동술로 마법의 범위에서 벗어난 상태였다.

"당황하지 말고 정렬! 맹세를 기억하라! 목숨을 바쳐서 시간을 벌어라!"

다이크가 전사했음에도 불구하고 병사들은 대열에서 벗어나지 않았다. 마법사들이 버티고 있었기 때문이었다.

하사관의 호령에 맞춰 병사들은 진형을 재정비했고 마법사들은 무영창 공격 마법을 난사했다.

"흡수!"

성준은 소모한 체력과 마력의 일부를 다이크의 시체에서 흡수하여 보충했다. 흡수가 끝나기 무섭게 마법사들이 무영창으로 난사한 공격 마법들이 코앞까지 접근했다.

"어설퍼."

무영창에 유도 기능도 없는 수준 낮은 공격 마법 따위에 당할 성준이 아니었다. 그는 너무나도 쉽게 회피했다.

"크아악!"

"으아악!"

고속 이동술을 펼치면서 폭풍처럼 휘두른 검에 병사들이 피를 쏟으며 쓰러졌다. 힘들게 재정비한 진형은 허무하게 무너졌고 병사들의 창이 목표를 향했을 땐 성준은 이미 마법사들에게 돌진하고 있었다.

"무영창으로는 막을 수 없다! 고위 마법으로 대응해! 놈은 내가 희생해서 막겠다!"

마법사 하나가 성준의 검을 향해 몸을 던졌다.

다른 마법사 2명은 힘을 모아 고위 마법을 캐스팅하기 시작했다.

"커헉!"

마법사는 일격에 심장이 관통당했다. 하지만 숨이 끊어졌어도 성준의 팔을 붙잡은 손은 놓지 않았다.

"지금이다!"

성준의 무기가 봉쇄되었다. 남은 마법사 둘과 하사관은 그렇게 생각했고 검을 뽑아 든 병사들이 빠르게 달려왔다.

하지만 그것은 심각한 오판이었다.

"머, 멈춰……!"

단검을 뽑아 든 성준이 자신을 붙잡은 마법사의 팔을 오러로 잘라 버린 것이다. 그는 마법사의 시체에서 검을 뽑아냈다.

하사관이 병사들에게 소리쳤을 땐 이미 학살이 벌어지고 있었다.

"크아아악!"

남은 병사 22명을 몰살시킨 성준은 하사관마저 목을 베어 죽였다. 이윽고 그의 시선은 고위 마법을 캐스팅하는 마법사들에게 향했다.

휙.

"컥!"

바람을 가르며 날아간 단검이 마법사의 가슴에 꽂혔다. 숨이 끊어졌다. 그의 시체가 바닥에 쓰러지기도 전에 다른 마법사에게 도달한 성준이 검을 휘둘렀다.

"으아아아아악!"

마법사의 팔이 잘렸다. 이어서 휘둘러진 검이 목을 치자 그는 힘없이 쓰러졌다.

"흡수."

왼손을 들어 올려 체력과 마력을 흡수했지만 그의 얼굴에는 지친 기색이 역력했다.

-공략 확인, 계측 완료. B급 던전을 클리어하셨습니다.

-새로운 아이템의 존재를 확인.

다이크의 시체를 뒤적이고 있을 때 계측기가 반응했다.

"B급 상위 정도였나……?"

성준은 혼잣말을 내뱉었다.

A급 난이도라고 생각했었지만 계측기의 판단은 B급이었다. 성준은 B급 중에서도 상위나 최상위의 난이도라고 조심스럽게 추측할 수 있었다.

"리슈발트, 얘 반지 없는데?"

다이크의 시체에는 반지가 없었다.

하지만 성준은 리슈발트가 입을 열기도 전에 기사 여단의 상징이 반지뿐만이 아니라는 것을 뒤늦게 떠올리고는 다이크의 목을 살폈다.

"찾았다."

'412'라는 숫자가 적혀 있는 목걸이가 있었다.

'412위…… 300위권은 얼마나 강한 거지……?'

-이계의 기운을 걷어내겠습니다.

성준은 리슈발트의 도움을 받아서 목걸이에 깃든 이계의 기운을 걷어냈다. 그리고 계측기의 감정 기능을 사용했다.

[기사 여단의 목걸이]

A급.

마력 회복 효과 확인.

마력 회복은 쓸 만한 옵션이었다. 이번 각성 던전 공략처럼 마력 소모가 많은 경우 꼭 필요한 아이템이었다.

성준은 목걸이를 걸었다. 빠른 속도는 아니었지만 마력이 회복되는 게 느껴졌다.

"나가자."

-이행하겠습니다.

리슈발트가 손을 휘젓자 주변이 녹아내리고 던전의 빈 보스방이 모습을 드러냈다. 대미궁에서 며칠을 보냈지만 각성 던전 안에서는 외부의 시간 멈추기 때문에 남들이 보기엔 평범하게 던전을 클리어하고 나오는 걸로 보일 것이다.

-동조율은 27%입니다. 살기 방출 기술이 강화되었습니다.

리슈발트가 설명을 잊지 않았다.

"쉬고 싶다."

이번 각성 던전은 여러 의미로 체력과 마력의 소모도 많았고 피로도 엄청났다. 당장 쉬고 싶었다. 그는 발걸음을 재촉해 던전을 나와 지상으로 올라왔다.

그런 그의 눈에 처음으로 보인 것은 오크 무리였다.

4장
소환사 리드케

앞에는 무장한 오크들이 보였고 바로 옆에는 던전 관리국 직원이 쓰러져 있었다.

'레이드 상황?'

당연한 이야기지만 던전 안에서는 스마트폰이 제대로 작동하지 않는다. 성준은 검을 뽑았다.

상황은 중요하지 않았다. 중요한 건 앞에 마물이 있다는 것이었다.

"크워어어!"

오크들이 기척을 느꼈을 때 성준은 이미 그들의 곁을 지나치며 수십의 검격을 퍼부은 뒤였다.

오크 여섯이 허공에 피를 흩뿌리며 비명을 토해냈다.

성준은 검에 묻은 피를 한 차례 털어내며 주변을 살폈다.

"엉망이군……."

전쟁이라도 난 것처럼 엉망이 된 시가지의 모습에 성준은 눈살을 찌푸렸다. 무너진 건물이 보였고 곳곳에서 검붉은 연기가 하늘로 솟구치고 있었다.

'초기 대응이 부실했나……?'

레이드 상황이 발생 시 초기 대응을 잘못했을 경우, 이렇게 시가지가 엉망으로 망가지는 경우도 있었다.

아무래도 초반에 소집된 헌터들이 웨이브를 제대로 막지 못한 것 같았다.

성준은 스마트폰을 꺼내서 현성에게 전화를 걸었다.

'역시 안 받네.'

예상은 했지만 현성은 전화를 받지 않았다. 레이드가 이렇게 광범위하게 확산되었으니 직접적인 관할은 아니더라도 관리국 소속인 만큼 바쁘게 움직이고 있을 것이다.

"리슈발트."

성준은 리슈발트를 호출했다. 그의 곁을 맴돌고 있던 충직한 영혼 부관은 성준의 앞에서 고개를 살짝 숙이며 입을 열었다.

-하명하십시오.

"차원 관문을 찾아서 나한테 보고해."

초기 대응을 잘못한 걸로 서울이 파괴되진 않겠지만 더 이상 피해가 늘어나는 것을 가만히 두고 볼 수는 없었다.

-이행하겠습니다.

리슈발트는 정찰을 시작했고 성준의 시선은 주변을 빠르게 훑었다. 피난이 끝난 것인지 당장 주변에 살아 있는 사람의 모습은 찾아볼 수 없었다.

대신 오크나 트롤과 같은 마물 무리가 잔뜩 보였다.

'대응을 어지간히 못 한 모양이네…….'

차원 관문이 어디서 열렸는지는 모르겠지만 초기 대응에 문제가 있었던 것은 분명했다.

"크워어어!"

오크와 트롤이 혼재되어 있는 15마리의 무리가 성준을 발견하고 창을 던지며 달려왔다.

성준은 날아온 창을 회피하며 단검을 던졌다.

"쿠확!"

복부에 단검이 꽂힌 트롤이 외마디 비명을 내뱉었다. 성준은 빠르게 거리를 좁히며 검을 휘둘렀다.

고속 이동술을 사용할 필요도 없었다. 그가 지나간 곳에는 마물의 시체만 가득했다. 마물 무리와 두 번 정도 더 조우를 하고 전투를 치르고 나자 리슈발트가 성준의 앞에 모습을 드러냈다.

"차원 관문은?"

-확대된 격전지 주변을 빈틈없이 정찰했지만 찾을 수 없었

습니다.

"뭐라고?"

성준은 자신의 귀를 의심했다. 레이드에서 차원 관문은 반드시 격전지 안에 존재했다. 그리고 던전의 마물들은 밖으로 나오지 않는다. 지상에 발붙이고 있는 마물들은 레이드로 인한 소환물들이라는 의미였다.

'아니…… 잠깐만…….'

하지만 성준은 이내 고개를 저었다. 마물들이 자리를 지키지 않는 던전이 있었다. 바로 얼마 전에 공략했었던 '침식 던전'이었다.

'침식 던전의 마물들이 밖으로 쏟아져 나온 건가?'

성준은 나름대로 추측을 해보았다.

침식 던전은 다른 던전과 달리 주변을 침식하여 범위를 넓힌다고 현성이 설명했었다. 그렇다면 포화되어서 마물들이 밖으로 쏟아져 나왔을 가능성도 충분했다.

성준은 자신의 추측을 리슈발트에게 설명했다. 충직한 영혼 부관은 심각한 표정으로 고개를 끄덕이며.

-마물들이 밀집해 있는 곳을 정찰해 보겠습니다.

"주변에 지하로 가는 길이 있는지 확인해."

-이행하겠습니다.

성준이 허가하자 리슈발트는 바로 움직였다. 성준은 도로 중앙에 자리를 잡고 지나가는 마물들을 보이는 대로 죽였다.

30분 정도 시간이 흐르자 리슈발트가 돌아왔다.

-주군.

"확인했어?"

-도보로 1시간 거리에 지하로 향하는 통로를 지키고 있는 마물 무리가 있습니다.

도보로 1시간 거리, 방해가 없다면 5분 안에 도착할 자신이 있었다.

"마물의 수와 종류는?"

중요한 문제였다. 각성 던전에서 고전한 탓에 체력과 마력이 소모되어 있기 때문에 적의 수와 종류를 파악해야 할 필요가 있었다.

가끔 젊은 헌터 중에는 자신의 힘을 과신하는 부류가 있는데, 성준은 전혀 그렇지 않았다. 그는 현명했고 필요하다면 협력을 요청할 생각도 있었다.

-전원 리빙 아머로 구성되어 있습니다. 수는 20기 정도입니다.

리슈발트의 보고에 성준은 생각에 잠겼다.

리빙아머는 일반 헌터들이 상대하기엔 까다로운 마물이었지만 오러 사용자인 데다가 전투력이 우수한 성준에게는 훌륭한 마정석 공급원에 불과했다. 20기면 지금 상태에서도 어렵지 않게 처리할 수 있는 숫자였지만 문제는 근원인 던전의 난이도였다.

'난이도가 B급이면 지금 몸 상태로는 조금 힘들지도 몰라…….'

입구를 지키고 있는 리빙 아머는 B급 마물이었다. 그나마 비슷한 경우인 레이드 상황을 생각해 보면 차원 관문을 지키고 있는 마물들은 정예인 경우가 많았다.

그를 토대로 근원지인 던전의 난이도를 추측해 보면 C급이나 B급일 확률이 높았다. 최악의 경우 B급인데, 상위급의 난이도라면 지금의 상태로 솔플은 힘들었다.

한 가지 방법이 있다면 천천히 파밍을 하는 것처럼 근원지 주변의 잡다한 마물들을 정리하여 체력과 마력을 보충한 뒤 진입하는 것이지만……

'굳이 그럴 수고를 감수할 필요는 없겠지…….'

혼자 고개를 끄덕이는 성준을 보며 리슈발트가 입을 열었다.

-공략을 위해 헌터들이 이동하는 모습도 보였습니다.

"근처에 내 오피스텔 있는 거 알지?"

-알고 있습니다.

"이사한 지 얼마 안 되었는데 박살 나게 둘 수는 없지……."

-그 말씀은……?

리슈발트의 물음에 성준은 희미한 미소를 머금었다.

"적당히 주변 정리나 할 생각이야."

그는 차를 주차해 둔 곳으로 걸음을 옮겼다.

지하라서 무사할 줄 알았는데 착각이었다. 그가 할부로 구입한 외제 차는 처참하게 파괴되어 있었다.

"계획을 변경해야겠어."

-주군?

리슈발트의 목소리에 뭔가를 우려하는 듯한 감정이 섞여 나왔다.

"정리가 아니라 오피스텔 근처의 마물을 모조리 몰살을 시켜야겠다."

우려와는 달리 성준은 현명해서 근원지를 향해 단신 돌격을 감행하지는 않았다. 지금 상황에서 그게 얼마나 어리석은 행동인지 잘 알고 있었기 때문이다.

그는 그저 오피스텔을 지키면서 일대의 마물들을 몰살시킨다는 비교적 위험 부담이 덜한 계획을 생각해 냈고, 실행할 생각이었다.

'마정석 모아서 새 차 뽑아야지.'

이왕 이렇게 된 거 레이드의 격전지까지 타고 갈 수 있는 특수 세단을 구입하기로 마음먹었다. 비싸기는 하지만 레이드 격전지 이동이 편리하다는 점 때문에 부유한 헌터들이 자주 타고 다녔다.

실물은 아니지만 헌터닷컴에서 본 적 있었는데 외관도 평범한 세단과 크게 차이가 없었다.

-목적지는 오피스텔입니까?

리슈발트의 물음에 성준은 고개를 끄덕이며 입을 열었다.

"그래, 오피스텔까지 잃을 수는 없지. 관리국만 믿고 기다릴 여유는 없으니까."

성준은 대답을 마치며 전속력으로 달리기 시작했다. 순간적으로 가속을 내는 고속 이동술과 달리 전력 질주는 마력의 소모가 없었다.

오피스텔을 향해 빠르게 달려가던 그는 멀지 않은 곳에서 울리는 총성을 듣고 멈췄다.

"가는 길인 것 같은데……? 제대로 붙고 있나 봐."

총성이 끊이지 않았다. 폭발음도 들려왔다.

-전력으로 달린다면 2분 거리입니다. 제가 우회로를 찾을 수도 있습니다.

"기다리는 시간이 더 길 거야. 도와줘야겠어."

전력을 다해 달린 끝에 전투가 벌어지고 있는 곳에 도착한 성준이 상황을 파악하기 위해 빠르게 눈동자를 굴렸다.

21명의 군인이 장갑차 뒤에 엄폐한 상태로 마물들을 향해 총격을 가하고 있었다. 마물의 수는 수십에 불과했지만 마력을 다루지 못하는 현대인이 다루는 무기는 약간의 저지력 이상의 피해를 행사하지 못했다.

'부상자가 있군.'

군인 3명이 부상을 입은 상태였다.

장갑차의 기관총 세례에도 불구하고 오크들은 천천히 전진하고 있었다. 군인들의 보호를 받고 있는 10여 명의 민간인은 죽음을 직감한 것인지 두 눈을 질끈 감고 있었다.

"도와줄 테니까, 사격 중지해!"

성준은 군인들을 보며 큰소리로 외쳤다. 그는 총알을 피할 정도로 뛰어난 헌터였지만 뒤에서 마구 총질을 해대면 전투에 집중하기 힘들었다.

"허, 헌터님이다!"

"우린 이제 살았어!"

"하지만 혼자잖아!"

누군가 얕보는 듯한 말을 내뱉었지만 성준은 신경 쓰지 않았다. 말이 필요 없었다. 행동으로 반박해 주면 되는 것이다.

"사격 중지!"

지휘권을 가진 장교가 손을 들어 올리며 외치자 군인들은 총격을 멈췄다. 동시에 성준이 오크들을 향해 몸을 던졌다.

"사, 사라졌어?"

군인들과 민간인들은 눈을 의심했다. 성준의 모습이 사라진 것이다.

"저, 저기 있어요!"

누군가 검지로 어딘가를 가리켰다. 모두의 시선이 향한 곳에 성준이 피 묻은 검을 들고 서 있었다.

"쿠워어어!"

오크들이 피를 쏟으며 쓰러졌다. 찰나의 순간에 지나치면서 휘두른 수십의 검격이 30마리가 넘는 오크의 몸을 잔혹하게 난자한 것이었다. 오러를 사용할 필요도 없었다.

"마물들이 다 죽었어요!"

"대단해!"

"A급 헌터인가 봐!"

모두가 감탄했다.

"힐."

성준은 부상을 입은 군인들을 한 명씩 치유했다. 그 모습을 본 군인들은 더욱 놀랐다. 힐을 사용하는 전투계 헌터에 대한 이야기는 들어본 적 없었기 때문이었다.

"집결지가 어디입니까?"

성준의 물음에 장교는 지도를 꺼내 펼쳤다. 군사 목적이 아닌 일반 지도였다. 장교가 검지로 가리킨 곳은 성준의 오피스텔 근처였다.

"저지선을 구축하고 있습니다. 저희의 임무는 민간인들을 안전하게 후방으로 호송하는 겁니다."

"제가 도와드리죠."

"저, 정말 감사합니다!"

국제 조약 때문에 헌터는 군에 소속될 수 없다. 북한을 제외한 전 세계가 이 조약을 지키고 있었다. 그래서 군이 헌터의 협조를 구하려면 관리국을 통해야 하는 번거로운 절차가 있었다.

그런 이유로 성준이 먼저 도와주겠다고 말하자 장교는 크게 기뻐했다.

"헌터님의 이름을 알 수 있겠습니까? 반드시 상부에 보고해서 군 차원의 보상이 있도록 하겠습니다."

"강성준입니다."

성준은 그들을 집결지까지 안내했다. 그리고 다시 이동하려는 찰나에 익숙한 얼굴을 발견하고 발걸음을 멈췄다.

무장기동대원들과 함께 바쁘게 발걸음을 옮기는 그는 김현성이었다.

"김 팀장님?"

성준의 목소리에 현성의 시선이 그에게 향했다.

"아, 강성준 씨!"

현성의 목소리에서 반가움이 묻어 나왔다. 그는 성준에게 다가와 손을 잡았다.

반가울 수밖에 없었다. 연락을 시도했지만 던전 안에 있어서 닿지 않았으니까.

"도움이 필요합니다!"

도움을 요청하는 현성의 목소리에서 절실한 감정이 가득했다.

"상황 설명을 부탁해도 되겠습니까? 간단하게 해주셔도 됩니다."

"'침식 던전' 이후로 최초입니다. 새로운 타입의 던전이 출현했습니다."

"새로운 타입이요?"

"정확히는 '침식 던전'이 진화한 것으로 보입니다. 우리는 이걸 '침공 던전'이라고 이름 지었습니다."

"바빠 보이는데 이름은 잘만 짓네요."

"상부에서 작명하는 걸 좋아해서 말입니다."

현성은 대답과 함께 짧은 한숨을 내쉬었다. 현장은 언제나 바쁘지만 상부는 느긋했다.

"그러니까 간단하게 말하면 침식 던전에서 마물들이 쏟아졌다는 거죠?"

성준의 물음에 현성은 고개를 끄덕였다.

'예상대로네…….'

예상이 적중했다. 하지만 궁금증은 완전히 해결되지 않았다.

성준은 현성을 보며 입을 열었다.

"원인은 당연히 모를 테고…… '침식 던전'은 이미 한 번 겪어봤을 텐데…… 왜 초기 대응을 이렇게 엉망으로 한 겁니까?"

"아직 침식 던전에 대한 표준 대응책이 정해지지 않았습니다. 그래서 초반에 진압하지 못한 것 같습니다."

헌터 관리국이나 던전 관리국과 같은 기관은 절차를 중요하게 생각했다. 바꿔 말하면 관련 절차를 거치지 않으면 쉽게 움직일 수 없다는 것을 의미했다.

"그래서 도움이 필요하다는 겁니까?"

"그렇습니다."

"보상은요?"

성준의 물음에 현성은 주변을 빠르게 살핀 뒤, 입을 열었다.

"관리국 쪽에서 공식적으로 협조를 요청한 헌터들에게 한해서 오늘 획득한 마정석에 대한 매각 금액을 2배로 정산해 주기로 했습니다."

레이드 상황이 발생하면 근처의 헌터들은 소집에 응해야 한다는 법이 있다. 하지만 침식 던전은 관련 법령이 없기 때문에 협조 요청을 해야만 했다.

2배 정산이라는 좀처럼 꺼내 들지 않는 카드를 사용하는 것으로 보아 상황이 얼마나 심각한 것인지 알 수 있었다.

"입구를 통해서 S급 헌터만 보내도 처리할 수 있을 것 같은데…… 너무 심각하게 받아들이는 거 아닙니까?"

"침식이 너무 광범위하게 진행되었습니다. 입구가 너무 많고 난이도도 제각각입니다. 아무래도 1번 침식 던전과 동시에 생겼던 것 같은데…… 저희가 눈치채지 못하고 방치하고 말았습니다."

현성이 대답했다.

상황이 급해서 자세히 설명하지는 않았지만 성준이 공략한 침식 던전 외에 다른 하나는 우연히 매칭이 지연되어 버렸다. 그 결과 담당 조사원이 침식 던전이라는 사실을 파악했을 때는 이미 돌이킬 수 없는 지경이 되어 있었다.

"확답을 드리기 전에 하나만 묻겠습니다."

현성의 시선이 성준에게 향했다.

"저한테 도와달라고 한 거…… 공식적인 협조 요청입니까?"

성준의 물음에 현성은 미소를 지으며 입을 열었다.

"물론입니다."

"제가 할 일은 뭡니까?"

"여기를 봐주시겠습니까?"

현성은 지도를 펼쳤다.

"보시면 대충 알겠지만 침공 던전의 입구로 추정되는 곳을 마킹했습니다."

마킹된 곳은 11곳이었다. 성준이 고개를 끄덕이자 현성은 설명을 이어가기 위해 차분한 표정으로 입을 열었다.

"1번부터 11번 입구라고 임시로 명명했습니다. 공략을 위한 9개의 파티가 각 입구를 통해 던전으로 진입했습니다."

"난이도는 어떻습니까?"

"다 다릅니다. 임시 조사에 의하면 C급부터 A급까지 다양합니다. 사실 이것도 정확하지는 않습니다."

현성의 목소리에서 불안감이 묻어 나왔다.

침식 던전과 침공 던전. 새롭게 출현한 이 두 부류의 던전에 대해 관리국에서 파악한 정보는 거의 없었다. 입수되는 정보들은 대부분 새로운 것이었다. 확실하지 않은 것투성이라서 관리국에서는 조심스러울 수밖에 없었다.

“5시간 전에 이 중에서 7번 입구에 A급 1명이랑 B급 3명, C급 1명으로 구성된 파티를 보냈습니다.”

“예상 난이도는요?”

“B급 하위로 추정됩니다.”

“과잉 전력 아닙니까?”

“그럴 수도 있지만 불확실한 게 많아서 충분한 전력을 투입할 수밖에 없었습니다.”

과잉 전력은 비효율적이지만 부족하게 보냈다가 전멸당하는 것보단 훨씬 나은 선택이었다. 성준도 그렇게 생각하고 있었기에 현성의 대답에 고개를 끄덕였다.

“무인기를 통해 정찰했는데, 근처에서 마물이 집결해서 7번 입구를 통해 던전으로 다시 내려가는 모습이 찍혔습니다.”

“던전 밖으로 나온 마물들이 다시 내려갔다는 말입니까?”

성준의 말에 현성은 심각한 표정으로 고개를 끄덕였다.

“침식 던전 때도 그렇고 마물들이 일반 던전의 경우와는 다른 지능적인 모습을 보이고 있습니다. 상부에서도 사태의 심각성을 인지하고 있습니다."

"7번 입구로 내려간 파티가 뒤에서 기습을 당할 수도 있겠군요."

"그렇습니다. 그걸 강성준 씨가 막아주셨으면 합니다."

일반 던전에 익숙한 이들은 마물 무리가 배후에서 기습할 것이라는 생각을 못 할 것이다. 예상치 못한 기습은 큰 피해를 야기하게 된다.

"지도 주세요. 지금 가겠습니다."

"강성준 씨와 함께 갈 파티가 오고 있습니다. 20분이면 도착할 겁니다."

현성의 말에 성준은 고개를 저었다.

"20분이나 기다릴 수 없습니다. 파티는 다른 곳에 지원 보내세요. 7번 파티는 제가 먼저 가서 지원하겠습니다."

"괜찮으시겠습니까?"

"제 별명을 잊은 건 아니죠?"

성준은 자신감 넘치는 목소리로 말했다.

현성도 그를 보며 미소를 지었다. '무한동력'이라는 별명을 얻을 정도로 쉬지 않고 던전을 솔플했지만 공략에 실패한 경우는 없었다.

그래서 성준의 레이팅은 매우 높았다.

"장갑차를 지원하겠습니다."

일반 차량으로는 마물들을 뚫고 목적지까지 갈 수 없다.

"아뇨. 오히려 방해됩니다. 그냥 달리는 게 빨라요."

지금 이 근방은 레이드 상황이 발생한 것과 마찬가지였기 때문에 방해 없이 전력으로 달릴 수 있었다.

A급 헌터는 걸어 다니는 전략 병기나 다름없었다. 전력 질주하면 차량과 달리기를 해도 쉽게 뒤처지지 않을 정도였다. 장갑차에 타고 있으면 체력의 소모는 없겠지만 마물들의 집중 공격을 받을 때 기민한 대응이 힘들었다.

"괜찮으시겠습니까?"

"A급 헌터의 신체 능력을 아시잖아요. 저는 회복계지만 신체 능력은 전투계와 비슷합니다."

성준은 짧은 설명을 끝마치고 지도를 건네받았다. 그리고 7번 입구를 향해 달리기 시작했다. 일정 거리를 이동할 때마다 리슈발트를 정찰병으로 보내서 최단 루트를 확보했다.

이윽고 성준은 현성이 준 지도에 표기된 7번 입구에 도착할 수 있었다.

"죄다 아래로 내려갔나……?"

성준은 싸늘한 시선으로 주변을 훑으며 혼잣말을 내뱉었다. 입구 주변에서 마물의 모습은 찾아볼 수 없었다.

기척도 전혀 없었다.

성준은 허리에 차고 있는 '로엘'의 검자루에 손을 가져갔다.

그리고 주변을 경계하며 침착하면서도 신속하게 계단을 내려갔다.

-다수의 마물이 이동한 흔적이 있습니다.

성준이 걸음을 옮길 동안 리슈발트는 마물 무리의 흔적을 살폈다.

-마물의 종류는 알 수 없지만 수는 아무리 적게 잡아도 50마리 이상입니다.

리슈발트의 보고에 성준은 서둘러 달리기 시작했다. 전투 중일 때 50마리의 마물 무리가 배후에서 기습한다면 베테랑 헌터들이라고 해도 부상을 면치 못할 것이다.

멀지 않은 곳에서 전투의 소음이 들려왔다. 성준은 전력을 다해 달렸다. 그리고 도착했다.

넓은 공동 안에서 5대의 드론이 어지럽게 날아다니며 어둠을 몰아내고 있었다. 헌터들은 수십의 마물에게 포위되어 공격받고 있었다.

마물들은 모두 리빙 아머로 구성되어 있었다.

-전투가 시작되고 꽤 시간이 지난 것 같습니다.

리슈발트가 말했다.

선발대 5명 중 3명이 쓰러져 있었다. 2명도 부상을 입었는지 전신이 피로 물들어 있었다. 성준은 마물 무리를 향해 몸을 던지며 부상을 입은 헌터를 향해 왼손을 뻗었다.

"힐!"

"지, 지원?"

오러가 깃든 창을 든 헌터에게 백색의 빛이 스며들면서 상처를 치유했다. 그는 지원 온 헌터가 있다는 사실에 기뻐했지만 곧 성준이 혼자라는 걸 보고 실망한 표정을 지었다.

하지만 그것도 잠시였다.

"하앗!"

짧은 기합과 함께 오러가 일렁이는 검을 질풍처럼 휘둘러 리빙 아머 4기를 단숨에 해치우는 모습에 헌터들의 표정이 다시 밝아졌다.

"최소 A급 헌터다!"

"사, 살았다!"

리빙 아머들은 누군가의 지휘를 받는 것처럼 움직였다. 절반은 정교한 방진을 갖춰서 반격을 시작했고 남은 리빙 아머들은 포위를 유지하면서 헌터 2명을 향해 공세를 펼쳤다.

"크악!"

성준이 방진을 돌파하는 동안, 한 명이 사방에서 내찌르는 창을 피하지 못하고 끔찍하게 살해당했다.

"크윽!"

창을 든 헌터는 점차 밀리는 모습을 보였다. 성준의 힐 덕분에 부상이 빠르게 회복되고 있었지만 리빙 아머들의 쉴 틈 없는 공세를 버텨내기 힘들었던 것이다.

"슬래시!"

성준은 시동어와 함께 검을 크게 휘둘렀다.

오러 참격이 앞을 막는 리빙 아머들을 모두 쓸어버렸다. 성준은 창을 든 헌터에게 달려갔다. 한 번의 도약으로 리빙 아머들의 투구를 뛰어넘었다. 그리고 포위진을 형성하고 있는 리빙 아머들을 쓰러트렸다.

성준의 개입으로 리빙 아머는 모두 전멸했다.

"가, 감사합니다……."

전투가 끝나자 그는 고개를 숙여 감사를 표했다.

"강성준입니다."

"아! 제 이름은 박정철입니다! 7번 던전 공략을 의뢰받은 헌터입니다."

정철은 자신에 대해 간단하게 소개했다. 하지만 성준의 시선은 그가 아니라 길게 이어진 복도의 끝에 향하고 있었다.

"강성준 씨……?"

"지친 거 압니다. 그런데 바로 앞에서 강한 마력이 느껴지는 게 보스방인 것 같군요. 마정석 회수하고 바로 이동할까 생각중인데…… 박정철 씨는 어떻게 하시겠습니까? 물러나신다면 제가 지상까지는 지원해 드리겠습니다."

강한 마력은 보스의 존재를 의미하기도 했다. 하필이면 많고 많은 입구 중에서 7번이 보스방으로 향하는 직통로였던 모양이었다. 보스방이 코앞에 있는 이상 그냥 넘어갈 수는 없었다.

"음……."

성준의 물음에 정철은 고민하는 기색이 역력했다. 하지만 곧 그는 비장한 각오가 느껴지는 표정으로 입을 열었다.

"힘들게 여기까지 왔는데 물러날 수는 없습니다. 서울이 더 망가지기 전에 보스를 잡아야 합니다."

그는 창을 들어 올렸다.

"저도 A급 헌터입니다. 짐이 되지는 않을 겁니다."

"좋습니다."

남자다운 모습을 보이는 정철을 보며 성준은 미소를 지었다.

"계속 진행하겠습니다. 전위는 제가 맡겠습니다."

성준은 마력을 아끼기 위해 오러를 거뒀다. 그리고 정철과 함께 마정석을 루팅했다.

"분배는 어떻게 하시겠습니까?"

"당연히 강성준 씨가 100% 가져가셔야죠."

성준의 물음에 정철은 당연하다는 듯 말했다.

"그래도 괜찮겠습니까?"

"제 목숨을 구해주셨습니다. 조금이라도 먼저 갚을 수 있게 해주세요."

정철은 단호했다. 목숨을 구해준 성준에게 보답하고 싶었다.

"물론 마정석으로 퉁치려는 건 아닙니다. 살아서 나간다면 반드시 제대로 보답하겠습니다."

"그거 사망 클리셰에요."

"요즘에는 클리셰 비틀기가 유행이라고 들었습니다."

단단하고 거대한 철문 너머로 강력한 마력이 느껴졌다. 성준은 정찰 여부를 묻기 위해 리슈발트를 슬쩍 보았지만 그는 고개를 저었다.

-마력 간섭이 심합니다.

혹시나 싶었지만 역시나였다. 성준은 대답 대신 고개를 살짝 끄덕였다.

"진행하겠습니다."

"예."

정철의 대답에 성준은 문을 열었다. 철문은 꽤 무게가 있었지만 A급 헌터의 완력은 너무나 쉽게 밀어냈다.

문이 열리자 긴 직사각형 모양의 넓은 석실이 모습을 드러냈다. 석실의 끝에는 푸른색을 띠는 수정이 놓여 있는 탁자와 의자가 있었다. 돌로 만들어진 의자에는 노란 로브를 입은 누군가 앉아 있었다.

"어서 오게, 이계인들이여. 설마 여기까지 올 줄은 몰랐다네."

유창한 이계어가 중후한 음성으로 석실 안에 울렸다. 그는 깊게 눌러쓴 후드를 벗었다. 그리고 의자 옆에 기대어놓은 스태프를 들어 올렸다.

성준과 정철은 그가 보스라는 사실을 쉽게 알아차릴 수 있었다.

'마법사가 단신으로……?'

마법사는 단신으로 움직이는 경우가 드물었다. 하지만 로브와 스태프는 누가 봐도 그가 마법사라는 것을 말해주고 있었다.

"인간형 마물……?"

드물긴 하지만 인간형 마물은 분명히 존재했다. 정철은 마른침을 삼키며 창을 고쳐 쥐었다. 인간형 마물이 보스로 등장하는 경우, 전투력이 상당한 경우가 대부분이었다.

-함정이 있을지도 모릅니다.

리슈발트가 조심스럽게 추측했다. 마법사가 자신만만하게 모습을 드러냈을 땐 믿는 구석이 있다는 것이다.

성준도 리슈발트의 추측에 동의했다. 그는 주변을 철저하게 살폈다. 그러나 마법 함정의 흔적을 찾을 수 없었다.

'두 가지 경우다.'

마법사는 아니지만 마법을 베어버릴 정도로 관련 지식에 해박한 성준조차 흔적을 찾을 수 없는 고위 마법 함정이거나, 아예 설치되지 않았거나.

하지만 성준은 후자의 경우에 비중을 두지 않았다. 적이 너무 여유로워 보였기 때문이었다.

'전투 마법사인가……?'

전투 마법사는 보통의 마법사와는 달리 근접 전투 기술도 많이 익히는 편이었다. 하지만 약점이 그나마 보완되었다는 것이지 마법사라는 사실은 변함이 없었다.

'신중한 건 좋지만 먼저 캐스팅을 시작하면 불리해진다……!'

성준은 결단을 내렸다.

"박정철 씨, 제가 먼저 길을 열겠습니다."

"마법 함정이 있을지도 모르는 거 아닙니까? 차라리 제가……."

정철이 자원했지만 성준은 고개를 저었다.

"제가 갑니다."

파마검을 익힌 성준이 선두에 서는 게 생존 확률이 더 높았다. 단호한 그의 목소리에 정철도 고개를 끄덕일 수밖에 없었다.

"갑니다."

말이 끝나기 무섭게 성준의 몸이 마법사를 향해 총탄처럼 쏘아졌다.

"빠, 빨라!"

정철은 성준의 고속 이동술에 감탄하며 뒤따랐다. 조금 전의 격전에서도 함께 싸웠었지만 그땐 급박했던 상황 탓에 자세히 살피지 못했었다.

"오호! 드디어 싸울 마음이 생긴 건가? 이 리드케가 제국의 위엄을 보여주겠다!"

순식간에 거리가 좁혀졌다. 하지만 성준이 검을 휘둘렀을 때 리드케는 그 자리에 없었다. 당황할 법도 했지만 그는 침착하게 주변을 살폈다.

'블링크……? 아냐……. 그만한 마력 유동이 없었다…….'

블링크는 상위 마법이기 때문에 시전했다면 반드시 마력의 유동 흔적이 남았겠지만 지금은 그런 것을 찾을 수 없었다.

-환영 마법입니다!

리슈발트가 먼저 간파했다.

"본체는……!"

성준의 시선이 석실 안을 빠르게 훑었다. 리드케가 어둠 속에서 천천히 모습을 드러냈다.

"제국의 최정예 기사 수준의 고속 이동술이군! 그렇다면 나도 전력을 다하겠다!"

"하앗!"

정철이 더 가까웠다. 그는 리드케를 향해 몸을 던졌고 동시에 마력의 유동과 함께 허공에 마법진이 그려졌다.

"소환!"

"소환사?"

예상외의 시동어였다. 마법진에서 리빙 아머 다섯이 무거운 몸을 이끌고 걸어 나왔다.

'시간 벌기다!'

성준은 리드케의 의도를 단번에 눈치챘다.

리빙 아머 다섯을 소환한 리드케는 뒤로 빠르게 물러나며 허공에 마법진을 그리고 있었다.

"젠장!"

리드케의 의도대로 정철은 리빙 아머들과 전투를 벌이느라 발이 묶여 버렸다. 그는 오러가 깃든 창으로 리빙 아머의 수를 줄여 나갔지만 마법진이 완성되기 전에 리드케에게 도달하긴 힘들 것 같았다.

"강성준 씨!"

정철이 외쳤다. 이미 성준은 고속 이동술을 펼쳐서 리드케와의 거리를 좁히고 있었다. 전력을 다한 속도였지만 리드케의 캐스팅 속도가 너무나 빨랐다.

그에게 닿기 직전 마법진이 완성되고 말았다.

"……!"

뭔가가 마법진에서 튀어나와 검을 휘둘렀다. 오러가 깃들어 있었다. 성준은 급정지와 동시에 좌측으로 몸을 던져 검격을 피했다.

"보아라, 데스나이트의 위엄을……!"

리드케는 신나서 외쳤지만 성준은 그저 웃을 뿐이었다.

'힐'은 언데드에게는 공격 마법으로 작용한다. 성준의 움직임을 보고 그저 천 옷을 입은 검사라고 생각했던 리드케는 여유로운 모습의 성준을 보며 의아해했다.

"힐!"

그아아앗!

백색의 빛이 번쩍였다.

힐량이 높을수록 언데드가 입는 피해는 증가한다. 그리고 성준의 힐량은 높은 편이었다. A급 마물인 데스나이트가 꼼짝도 못 할 정도였다.

"신성 기도문이라고?"

뒤늦게 뭔가 잘못되었다는 것을 깨달은 리드케는 다른 소환진을 그리기 시작했지만 리빙 아머들을 처리한 정철이 다가와 그를 향해 창을 내찌르고 있었다.

"크윽!"

창이 리드케의 어깨를 관통했다. 리드케는 고통에 찬 신음을 토해냈다. 그는 실전 경험이 풍부했지만 언제나 뒤에서 소환 마법으로 지원만 해온 탓에 고통에 익숙하지 않았다.

아찔한 통증으로 흐릿해지는 정신을 간신히 붙잡았다.

리드케는 무영창 공격 마법으로 반격하려고 했지만 정철이 더 빨랐다. 그는 리드케의 어깨를 관통한 창을 놔두고 허리의 단검을 뽑아서 그의 목을 그었다.

"쿨럭!"

리드케가 붉은 피를 내뱉으며 쓰러졌다. 소환사의 숨이 끊어지자 '힐'의 마력에서 괴로워하고 있던 데스나이트도 역소환되었다.

리빙 아머가 남긴 마정석 루팅이 끝나고 정철의 시선이 리드케의 시체로 향했다.

"강성준 씨."

정철은 작은 목소리로 성준을 불렀다.

"왜 그러시죠?"

"왜 저 소환사의 시체는 소멸하지도 않고 마정석을 드랍하지도 않는 걸까요?"

마물이 죽어서 마정석을 남긴다는 것은 너무나 당연한 사실이었다. 그래서 정철은 혼란스러웠다.

"설명은 들었겠지만 이 던전은 일반 던전과는 다릅니다. 마정석을 드랍하지 않는 특수한 경우가 발생했다고는 하지만 저는 이상하게 느껴지지 않습니다."

성준은 이유를 알고 있었지만 대충 둘러댔다.

"그리고 마물이 아닌 게 던전에 있을 리가 없잖습니까."

제국의 침략 계획에 대해 말해도 정철은 받아들이지 못할 게 분명했다.

"그렇겠죠?"

다행히 정철은 납득한 것인지 고개를 끄덕였다.

마정석이 가득 든 가방을 들고 던전을 나왔을 땐 더 이상 마물의 모습을 찾아볼 수도 없었고 전투의 소음도 들리지 않았다.

"끝난 것 같습니다. 보스를 잡은 게 정답이었네요."

"레이드와 시스템이 비슷하네요."

정철은 성준의 말에 답하며 주변을 살폈다. 마침 군부대의 장갑차가 지나가고 있었다.

"얻어 타고 가죠."

정철의 제안에 성준이 고개를 끄덕였다.

헌터들의 달리기 속도가 빠르다고는 하지만 격전을 치른 탓에 편히 쉬면서 이동하고 싶은 게 두 사람의 공통된 생각이었다.

장갑차를 얻어 타고 집결지로 향했다. 현성은 뒷수습을 하느라 바빠서 만나지 못했다. 성준과 정철은 차후 포상을 받기 위해 사무원에게 기록을 요청한 뒤 확인증을 발급받고 집결지를 나왔다.

검은 세단이 정철의 앞에서 멈췄다.

"강성준 씨."

정철은 말없이 걸음을 옮기려는 성준을 불렀다. 그의 시선이 정철에게 향했다.

"무슨 일이시죠?"

"여기 연락처를 적어주세요. 오늘 일, 반드시 보답하겠습니다."

성준은 정철이 건네준 수첩에 연락처를 적었다. 보답하겠다는데 거절할 이유는 없었다.

수첩을 돌려받은 정찰은 세단에 올라타며 입을 열었다.

"며칠 안에 연락드리겠습니다!"

세단이 출발했다. 택시를 부르려던 성준은 뒤에서 느껴지는 인기척에 몸을 돌렸다.

"강성준 씨!"

현성이 달려오고 있었다.

"바쁘신 거 아니었습니까?"

"오셨다는 보고 듣고 잠시 시간을 냈습니다. 상부에서도 강성준 씨와 관련된 일이면 관대하거든요."

현성은 대답과 함께 미소를 지었다.

"그렇군요. 그런데…… 무슨 일이시죠?"

"차량이 파손되었다고 들었습니다."

"아…… 그렇죠……."

"관리국 차원에서 보상해 드릴 수 있을 것 같습니다."

"던전과 마물, 그리고 레이드로 인한 피해는 보상 규제가 까다롭다고 알고 있는데요."

국가에서 보상을 해주기는 하지만 그 절차가 까다롭고 복잡해서 쉽지가 않았다. 성준은 그렇게 알고 있었다.

"네. 일부 경우만 해당되는데, 강성준 씨는 포함되었습니다."

"설명 부탁드리겠습니다."

"던전 입구에 차량을 주차하셨지요? 거긴 던전 관리국 관할로 인정되기 때문에 책임이 관리국에 있습니다."

모르던 사실이었다.

"그래서 관리국 차원에서 보상 의무가 있습니다."

"동일한 차종으로 보상되는 겁니까?"

"원래는 그렇습니다만…… 꼭 그런 것도 아닙니다."

"무슨 말씀이시죠?"

"이번에 강성준 씨 덕분에 피해가 많이 줄었으니…… 상부에선 보상에 특혜를 부여해서 강성준 씨가 원하는 차량을 하나 제공하기로 했습니다."

헌터 관리국은 성준과 긴밀한 관계를 구축하기 위해 혈안이 되어 있었다. 그 결과, 던전 관리국에 연락해서 성준이 받을 보상을 확대하는 지경까지 이르렀다.

물론 헌터 관리국과 던전 관리국이 연결되어 있고 성준이 크게 활약을 했기 때문에 가능한 일이었다.

"원하는 차요? 제한이 없다는 걸로 들리는데 제가 잘못 들은 건 아니겠죠?"

"물론입니다."

현성이 고개를 끄덕이자 성준은 입꼬리를 끌어 올렸다. 마침 가지고 싶은 차가 하나 있었다.

"그러면 헌터 세단으로."

헌터 세단. 레이드 격전지를 돌파할 수 있게 특수 제작된 차량을 말한다. 가격 차가 있지만 최소 15억에서 시작한다.

10억 이하 외제 차를 부를 줄 알았던 현성은 뜻밖의 대답에 조금 당황한 기색이었지만 곧바로 표정을 수습했다.

"어…… 렵지는 않을 겁니다. 상부에 요청해 두겠습니다."

현성의 대답에 성준의 입가에 미소가 번졌다. 만족스러운 결과였다.

"그건 그렇고 차량은 특별 보상이니까, 제가 던전 보스방을 클리어한 거에 대한 포상은 그대로 적용되는 거겠죠?"

"2배 정산을 말씀하시는 거라면 문제없이 적용될 겁니다. 걱정하지 않아도 좋습니다."

"그렇군요."

"조금 전에 발급받으셨던 확인증을 가지고 가서 마정석을 매각하면 됩니다."

현성이 설명했다. 일이 끝나지 않은 탓에 현성은 집결지로 다시 돌아갔고, 성준은 그가 불러준 헌터 관리국 소속의 차량을 타고 던전 관리국으로 갔다.

그리고 마정석을 매각하면서 확인증을 제출했다.

"2배 정산 처리되었습니다. 총 22억 원을 헌터님의 계좌로 입금했습니다."

5장
트러블

황실 마탑. 제국에서 가장 많은 마법사 전력을 보유한 곳이다.

마탑주인 안펠리코 후작은 근심 가득한 얼굴로 집무실을 서성였다. 황제가 그에게 얼마 전부터 시작된 어떤 괴현상의 원인을 밝혀내라고 지시했기 때문이었다.

누군가를 기다리는 것인지 시계를 계속 확인하며 넓은 집무실 안을 서성이던 그는 곧 기척을 느끼고 문 쪽을 향해 고개를 돌렸다.

"마탑주님, 특무군 사령관께서 찾아오셨습니다."

안펠리코는 대답 대신 문을 향해 손을 휘저었다. 그러자 닫혀 있던 문이 열리고 백발의 남자가 천천히 걸어 들어왔다.

가벼운 갑옷을 입고 있는 그는 특무군 사령관인 아레스 백작이었다.

"어서 오세요, 특무군 사령관."

"근심이 많아 보이십니다."

"제국 전역에서 부대들이 의문의 전멸을 겪는 괴현상이 일어나고 있는데 어찌 마음이 편하겠습니까? 황제 폐하께서 특명까지 내리셨으니…… 편할 수가 없지요!"

안펠리코의 말에 아레스는 고개를 끄덕였다.

"또 괴현상이 일어났다고 들었습니다. 이번에 피해를 입은 곳은 어디입니까?"

"대미궁입니다. 특무군 소속의 조사 부대를 보냈지만 그 어떤 것도 알아내지 못했습니다. 마탑에서 마도학자들을 추가 파견하는 건 어떻겠습니까? 조사 부대로는 한계가 있습니다."

특무군 조사 부대에도 마법사가 있지만 황실 마탑의 마도학자들보다 전문성이 떨어지는 편이었다.

"이전에 마도학자들로 구성된 조사대를 현장에 보냈었지만 알아낼 수 있었던 것은 없었습니다. 마법이 분명하겠지만 마력의 유동 흔적조차 찾을 수 없었습니다."

"왕국 연합의 소행일까요?"

아레스의 물음에 안펠리코는 고개를 저으며 입을 열었다.

"그건 알 수 없습니다. 하지만 제 개인적인 의견으로는 왕국 연합의 대마법사들은 이 정도의 차원 마법을 구사하지 못합니다."

"왕국 연합이 아니라면 어디란 말입니까?"

"미지의 적일 수도 있습니다. 종족 연합의 조사관들도 같은 의견입니다."

안펠리코의 말에 아레스는 인상을 찌푸렸다. 왕국 연합이 아직 공세를 버티고 있는 지금, 미지의 적이 등장하면 곤란했다.

"황제 폐하께선 하루라도 빨리 왕국 연합을 무너트리고 이계 침공 계획을 실행하기를 원하고 계십니다. 우리는 최선을 다해야 합니다."

이계 침공 계획이 미뤄진 가장 큰 이유는 왕국 연합의 총동원령으로 시작된 대규모 반격 작전 때문이었다.

"특무군 사령관님, 안에 계십니까? 조사 부대 소속 상급 장교입니다!"

"제 부하인 것 같습니다."

아레스에게는 익숙한 목소리였다. 그가 고개를 끄덕이자 안펠리코는 마법으로 문을 열었다. 제복을 갖춰 입은 젊은 장교가 절도 있는 걸음으로 집무실에 들어섰다.

"보고드립니다! 대미궁의 시체들을 모두 회수해서 조사한 결과, 환영검의 흔적을 발견했습니다."

상급 장교의 보고에 아레스와 안펠리코는 경악했다.

"환영검? 그게 정말인가?"

"확실합니다. 기사 여단에서 확인까지 끝냈습니다."

아레스는 자신의 귀를 의심했다. 확인하기 위해 다시 질문했지만 상급 장교는 쐐기를 박았다.

"로우켈 경만 알고 있는 검술이 아니었습니까? 유실되었다고 들었습니다만……."

안펠리코의 말에 아레스는 고개를 끄덕였다.

"유실된 검술이 맞습니다. 그래서 있을 수 없는 일입니다! 그 배신자는 리도니아 대평원에서 죽었다는 말입니다!"

아레스의 눈동자가 지진이라도 난 것처럼 흔들렸다.

"아직도 기억합니다. 그 배신자가 한 번 검을 휘두를 때마다 제국의 정예병 수백 명이 피를 쏟으며 쓰러졌습니다."

"혹, 로우켈 경이 제자를……."

"그랬으면 좋겠습니다. 만약 로우켈 경이 살아 있고 온전한 상태라면…… 그리고 제국에 앙심을 품고 왕국 연합과 손을 잡는다면 제국은 그들을 감당할 수 없습니다."

아레스는 두려움에 몸을 떨었다.

성준은 오랜만에 아버지의 병문안을 다녀왔다. 오피스텔로 돌아오는데 현성으로부터 전화가 걸려왔다.

일전에 현성이 말했던 헌터 세단 인수 시기가 되었기 때문에 성준은 들뜬 마음으로 전화를 받았다.

-강성준 씨, 저 김현성입니다. 세단이 헌터 관리국에 도착했습니다. 주소지까지 서비스해 드릴 수도 있지만 직접 찾아가는 걸 선호하는 분들도 계시다고 들어서 확인 차 연락드렸습니다. 어떻게 해드릴까요?

"제가 인수하러 갈게요."

성준은 택시를 타고 헌터 관리국에 방문했다.

입구에서 기다리고 있던 현성은 택시에서 내리는 성준을 발견하고는 서둘러 달려왔다.

"오래 기다리셨죠? 주차장까지 안내해 드리겠습니다."

성준은 현성과 함께 건물 뒤편의 주차장으로 걸음을 옮겼다. 주차장 구석에 고급스러워 보이는 세단이 주차되어 있었다. 외형은 고급 세단이었지만 내구도는 다른 것들과 비교도 할 수 없을 정도로 견고했다.

"저거예요?"

성준의 물음에 현성은 고개를 끄덕이며 입을 열었다.

"열쇠 먼저 받으세요. 서류 작업은 저희가 모두 끝냈습니다."

현성이 건네준 폴딩키를 받은 성준은 문을 열고 운전석에 앉았다. 시동을 걸자 들리는 고요한 엔진음에 기분이 좋아졌다.

"좋네요."

"20억짜리예요. 상부에서 강성준 씨의 공을 크게 인정했습니다."

성준은 창문을 열고 현성을 보며 희미한 미소를 지어 보인 뒤 운전대를 잡았다. 당장에라도 출발할 것 같은 그를 보며 현성이 다급하게 입을 열었다.

"가, 강성준 씨! 잠깐만요!"

"왜 그러시죠?"

"침공 던전에서 같이 공략했던 박정철 씨 말로는 마정석을 드랍하지 않은 인간형 마물이 보스로 출현했다고 하던데…… 사실입니까?"

리드케에 대해서 묻는 것이었다. 성준은 대답 대신 고개를 끄덕였다.

"박정철 씨의 말이 사실이었군요. 번거로우시겠지만 조만간에 헌터 관리국에 출석하셔서 당시 상황을 진술해 주셔야 할 것 같습니다."

"조사요?"

"죄송합니다. 처음 있는 일이라서 상부에서 최대한 많은 정보를 확보하라는 지시를 내렸습니다."

잘못한 것도 없었지만 현성은 고개를 숙이며 사과와 함께 이해를 부탁했다. 침공 던전과 관련된 법령은 없었기 때문에 PK 상황과 달리 조사를 강제할 수 없었다.

"알겠습니다. 일정 잡히면 연락 주세요."

"감사합니다, 강성준 씨."

성준이 흔쾌히 협조 의사를 밝히자 현성은 안도했다. 시간을 뺏기는 걸 병적으로 싫어하는 헌터들도 많았기 때문에 긴장하고 있었다.

"이제 갑니다."

"연락드리겠습니다."

성준은 오피스텔까지 차를 몰았다. 도착 후 주차까지 끝낸 그는 기분 좋은 상태로 방에 돌아왔다.

헌터닷컴에서 베스트 게시글 순례를 끝낸 성준은 가볍게 몸을 풀기 위해 청룡 그룹에서 운영하는 헌터 수련장 '아이언'으로 향했다.

"저거 헌터 세단 아니야?"

"엄청 비쌀 텐데…… 최소 B급 헌터인가 봐."

아이언의 주차장에 성준의 차가 들어오자 마침 근처에 있던 헌터 2명이 그의 세단이 헌터 세단이라는 것을 알아보고 부러움 섞인 시선을 보냈다.

성준은 미소를 띤 채 주차를 끝마치고 수련장 건물 5층으로 올라갔다. 5층에는 '아이언'이 자랑스럽게 내세우고 있는 가상 전투 시스템이 갖춰져 있었다.

공간은 넓고 기기도 충분했기 때문에 대기 시간 없이 시스템을 사용할 수 있었다. 마정석의 힘으로 B급 마물, 리빙 아머의 환영이 구현되었다.

성준은 수련용 장검을 뽑아 들었다. '아이언' 안에서 실제 무기의 휴대는 가능하지만 그것을 뽑는 것은 금지되어 있었다.

직원한테 설명을 들은 대로 마력을 운용하자 수련용 장검에 가짜 오러가 깃들었다.

"후우!"

한 차례 심호흡과 함께 총탄처럼 앞으로 쏘아졌다. 리빙 아머의 공허한 시선이 성준에게 향했다.

서걱.

리빙 아머의 팔을 이루는 갑옷이 깨끗하게 잘려 나갔다.

'진짜 리빙 아머를 베는 것 같잖아?'

환영이었지만 실체가 있는 뭔가를 베는 것 같았다. 리빙 아머의 움직임도 자연스러웠다.

'이게 마정석 기술의 힘인가……?'

성준은 감탄했다.

헌터닷컴에서 마정석 기술과 관련된 글이 올라올 때마다 가볍게 봤었는데 직접 겪어보니까 왜 마정석이 비싸게 거래되고 국가에서 확보에 열을 올리는 것인지 알 것 같았다.

이윽고 리빙 아머의 환영을 처치한 그는 기기를 만져서 A급 마물 중에서도 뛰어난 검술 실력으로 유명한 데스나이트의 환영을 소환했다.

"힐!"

혹시나 싶어서 힐을 사용해 보았지만 데스나이트는 전혀 피해를 입지 않았다. 성준은 아직 마법 피해 관련 기술은 개발되지 않았다는 직원의 설명을 뒤늦게 떠올리고는 수련용 검을 고쳐 쥐었다.

마력을 주입하자 임의로 설정된 가짜 오러가 생성되었다.

"하앗!"

성준은 짧은 기합과 함께 데스나이트를 향해 고속 이동술을 펼쳤다. 가상 전투 시스템이 사용되는 밀실은 넓었지만 그의 고속 이동술은 뛰어났기 때문에 일순간에 데스나이트의 코앞까지 접근했다.

데스나이트의 검에서도 오러가 일렁거렸다. 그 모습을 본 성준은 문득 공격을 허용하면 어떤 느낌일까 싶어서 데스나이트가 휘두른 검의 경로에 왼팔을 가져갔다.

"큭!"

데스나이트의 검이 팔을 스치고 지나가자 짜릿한 울림과 함께 왼팔에 아주 무거운 추를 달아놓은 것처럼 강한 무게가 느껴졌다.

-피격! 왼팔 절단!

무심하고 딱딱한 기계음이 피해를 보고했다.

'신기하네.'

성준은 멀쩡한 오른팔을 휘둘렀다. 성준의 부상을 인식하고 무리한 공세를 시작한 데스나이트는 왼팔이 잘려 나가고 말았다.

하지만 고통을 느끼지 못하는 언데드라서 멈추지 않고 검으로 성준의 목을 노렸다.

성준은 고속 이동술을 펼쳐서 데스나이트의 배후로 이동했다.

2초라는 짧은 시간 동안 치열한 공방전이 펼쳐진 끝에 성준이 내찌른 수련용 검이 데스나이트의 '핵'이 있는 머리를 꿰뚫었다.

-훌륭한 검술이었습니다!

리슈발트가 극찬했다.

"고마워."

성준은 작은 목소리로 대답했다. 그는 수련용 검을 거치대에 놓은 뒤 가상 전투 시스템에서 나왔다.

2시간 정도 가벼운 운동을 한 그는 2층에서 샤워를 끝내고 주차장으로 발걸음을 옮겼다.

"메시지 왔네."

운전석에 앉은 그는 메시지 알림음을 듣고 스마트폰을 확인했다.

'광고 메시지…….'

허무한 마음에 고개를 들려는 순간, 뭔가가 빠르게 접근하는 것을 느낀 그는 급히 문을 열고 옆으로 몸을 날렸다.

쿵!

엄청난 속도로 달려온 한 대의 차량이 성준의 차와 충돌했다.

"뭐야……."

어이가 없는 광경에 성준은 할 말을 잃었다. 사고를 낸 차가 후진하기 무섭게 성준은 차의 손상 정도를 살폈다. 엄청난 속도로 충돌한 것치고는 손상이 거의 없었다.

하지만 범퍼가 찌그러진 게 눈에 띄었다.

"하……."

성준은 치밀어 오르는 화를 누르며 사고를 낸 차를 향해 시선을 보냈다. 마찬가지로 헌터 세단인 것인지 손상이 심하지 않았다.

운전석 문이 열리고 무장한 헌터가 차에서 내렸다. 그는 대뜸 선글라스를 바닥에 집어 던진 뒤 발로 밟아서 박살 냈다.

"짜증 나네, 진짜!"

조금 전의 사고보다 더 어이없는 상황에 성준은 아무런 말도 할 수 없었다.

"방금 그 소리 뭐야?"

"사고 났나 봐."

"차는 멀쩡하네?"

"둘 다 헌터 세단이잖아."

구경꾼들이 모여들었다. 그들 중 한 명이 운전자가 누군지 알아보았다.

"저 사람 S급 헌터 12위 차규태 씨 아냐?"

"어? 진짜네……."

"다른 한 명은 잘해봤자 A급 헌터인 것 같은데 S급 헌터 최고의 양아치한테 걸려 버렸네…… 불쌍해라……."

마지막 구경꾼은 고개를 저었다. A급 헌터는 최하위라고 해도 뛰어난 무력을 자랑하지만 국가조차 굴복시키는 S급 헌터와 비교하면 하늘과 땅 차이였다.

"주차를 아주 어이없게 했네……."

규태가 말했다. 혼잣말치고는 목소리가 컸다.

성준은 그것을 도발로 인식했다.

-감히 주군께……!

리슈발트는 분노했지만 아무것도 할 수 없었다.

규태는 성준에게 천천히 다가갔다. 그리고 귀찮다는 표정으로 입을 열었다.

"나 누군지 알지? 좋게 해결하자. 얼마면 돼?"

"필요 없고 좋게 말할 때 사과해라."

성준은 싸늘한 목소리로 말했다.

"뭐라고 했어? 내가 잘못 들었나……? 요즘 귀가 안 좋아서 가끔 이상한 개소리가 들리더라고. 좋게 말할 때 사과하라고 한 것 같은데 내가 잘못 들은 거지?"

규태는 과장된 동작으로 자신의 귀를 만졌다.

그 모습을 보며 성준은 차분한 표정으로 입을 열었다.

“제대로 들었어.”

“너 내가 누군지 알아?”

“차규태 아닌가?”

“지금 그걸 알고 있는데 이러는 거야? 어이가 없네…….”

그는 고개를 저으며 길게 내려온 앞머리를 쓸어 올렸다.

S급 헌터는 국가조차 함부로 할 수 없다. 그런데 동급도 아닌 헌터가 그런 말을 하니까 자신의 귀를 의심할 수밖에 없었다.

그의 눈에 성준은 구경꾼들 조금 있다고 자존심 세우는 걸로 보였다.

“그냥 돈 받고 끝내지…….”

“차규태가 시비 텄다가 죽은 헌터의 수만 해도 두 자리라던데…….”

S급 이상의 헌터들은 국가를 무너트릴 수 있는 대규모 레이드의 보스를 상대할 수 있는 존재였다. 가뜩이나 S급 헌터의 수가 부족한 한국에서 그들은 법의 제한도 거의 받지 않았다.

그래도 이미지를 생각해서 과한 행동을 자제하는 경우가 대부분이었지만 어딜 가나 규태 같은 예외가 있는 법이었다.

“내가 누군지 알고도 자존심 세우는 거 보니까 A급 정도는 되는 것 같은데…… 그만해라…… 내가 너 1초면 죽일 수 있어.”

“말로 할 때 사과하고 가라.”

성준이 고도로 절제된 살기를 슬며시 흘렸다. 구경꾼들은 공기가 얼어붙는 것 같은 냉기를 느꼈다.

하지만 규태는 끄떡도 하지 않았다.

오히려 입꼬리를 끌어 올리며 비웃음을 흘렸다.

"사람 좀 죽여봤구나……?"

규태의 눈빛이 섬뜩하게 변했다. 살기를 자유롭게 다루는 이는 많지 않았다. 그리고 성준이 흘리는 살기는 진했다. 하지만 규태는 여전히 성준을 깔보고 있었다.

"설치지 마라."

"S급 헌터들은 다 이렇게 혀가 길어?"

성준의 도발에 규태는 입술을 살짝 깨물었다. 하지만 먼저 무기를 뽑지 않았다. 정당방위를 유도하려는 것 같았다. 아무래도 규태는 소란을 너무 많이 일으켜서 변명이 필요했던 것 같았지만 유감스럽게도 '정당방위'는 성준이 전문가였다.

그의 도발을 성준은 입꼬리를 살짝 끌어 올리며 '무시'했다. 그리고 말없이 깔보는 듯한 기분 나쁜 시선을 보냈다.

그것은 규태의 분노를 폭발시키는 도화선이 되었다.

"말로 안 하면 어쩔 건데?"

"너, 집에 기어서 가게 만들어줄 수도 있어."

"야. 어디 한번 그렇게 해봐."

결국 규태의 손이 먼저 움직였다. 그래도 최소한의 생각이라는 것은 있는지 허리에 찬 무기를 쓰지 않고 주먹을 휘둘렀다.

일반인이 보기에는 단순히 주먹을 휘두르는 것으로 보였지만 사람의 두개골을 일격에 박살 낼 수 있을 정도로 강한 힘이 실려 있었다.

'빨라……!'

S급 헌터답게 성준도 피하기 힘들 정도로 빨랐다. 하지만 전생에서 비롯된 그의 풍부한 실전 경험은 찰나의 순간 규태의 공격을 인지했다.

성준은 회피가 불가능하다는 것을 깨닫고 마력을 끌어 올려 동조율을 초월했다.

-동조율 28%입니다!

28%의 동조율이 된 성준은 규태의 주먹을 피했다. 고작 1%의 차이였지만 기존의 동조율이 높아서 그런지 반응 속도가 상당히 빨라진 게 느껴졌다.

"이게 무슨……!"

규태는 당황했다.

전력을 다한 일격은 아니었다. 하지만 죽일 생각으로 휘두른 주먹을 성준이 이렇게 쉽게 피할 것이라고는 생각하지 못했다.

성준은 규태와 자신의 전투력을 냉정하게 비교했다.

'정면으로 붙으면 속도에선 내가 밀린다……!'

규태는 한국의 S급 헌터 중에서도 레이팅 순위가 낮은 편이었지만 움직임만큼은 성준보다 훨씬 빨랐다.

하지만 동조율 28% 상태의 성준에게는 전생의 실전 경험이라는 이점이 있었다. 전투에 있어서 실전 경험의 총량은 실질적인 전투력을 좌우하는 중요한 요소였다. 아무리 힘이 세고 빨라도 경험이 부족하면 실전에서 제대로 된 실력을 발휘할 수 없으며, 반대로 신체 능력이 부족하더라도 경험이 풍부하면 실전에서 뛰어난 전투력을 보일 수 있었다.

'실전 경험은 내가 더 위다……!'

성준은 규태에게 파고들면서 그가 미처 회수하지 못한 오른팔의 손목을 붙잡았다.

규태도 대인전 경험은 풍부했지만 그가 지금 상대하고 있는 성준은 전생에서 질릴 정도로 사람을 죽여온 베테랑 중의 베테랑이었다.

'끝이다.'

손목을 붙잡은 순간 끝났다고 생각했다. 성준은 손아귀에 힘을 주었다.

'손목을 박살 낼 생각이다……!'

오른쪽 손목에 가해지는 엄청난 압력에 규태는 위기감을 느끼고 검지를 들어 올려 성준의 목을 겨눴다.

"……!"

검지 끝에서 마력의 유동이 느껴졌다. 규태의 손목을 놓고 옆으로 몸을 날렸다. 무서운 속도로 발사된 마력탄이 성준의 목을 아슬아슬하게 스치고 지나쳤다.

쿵!

뒤에 주차되어 있던 차량의 보닛이 거대한 망치에 가격당한 것처럼 우그러졌다. 성준은 마른침을 삼켰다.

무영창 마법보다 시전 속도가 빠르고 위협적이었다.

"뭐, 뭐야…… 무슨 일이 벌어진 거야?"

"차규태가 마력탄을 쏜 것 같은데?"

"그런데 그걸 저 헌터가 피했다고?"

구경꾼들이 술렁였다. 성준과 규태의 움직임이 너무 빨라서 구경하는 헌터들조차 자세한 상황은 알 수 없었다.

그러나 한 가지 확실한 사실은 규태가 선제공격을 함으로 인해서 성준이 '정당방위'를 행사할 수 있는 상황이 되었다는 것이었다.

"변형."

규태는 입술을 살짝 깨물며 시동어를 내뱉었다. 손목에 낀 팔찌가 짧은 소검이 되었다.

'죽일 수밖에 없다.'

계획대로 되지는 않았지만 죽일 수밖에 없다.

'정당방위'는 성준이 행사하게 되었지만 규태는 S급이라는 자신의 헌터 등급을 믿었다. 국가와 관리국에서는 찾아오겠지만 법을 집행하지는 않을 것이라는 확신이 있었다.

"내가 지금부터 무슨 말을 할지 알 거라고 믿는다."

성준은 한 치의 망설임도 없이 검을 뽑아 들었다. 검신에 푸른 오러가 깃들었고 성준은 차분한 표정으로 입을 열었다.

"지금부터 정당방위다."

목소리에서는 차가운 살기가 묻어 나왔다.

"닥쳐!"

규태는 공격 자세를 취하며 살기를 해방했다.

"크윽!"

"사, 살기다!"

규태가 전력을 다해 살기를 개방하자 구경하고 있던 헌터 중에 저항력이 부족한 몇 명이 힘없이 쓰러지거나 몸을 떨었다. 살기 개방에 의한 제압 효과였다.

하지만 정작 성준은 흔들림이 없었다.

"소용없다고? 도대체 얼마나 죽이고 다닌 거냐!"

"아주 많이."

성준도 검을 고쳐 쥐고 자세를 정돈했다. 그는 차가운 시선을 보내며 입을 열었다.

"진짜 살기는 이런 거다."

성준이 모든 살기를 개방했다.

"허억!"

찰나의 순간이었지만 규태의 공격 자세가 무너졌다. 그는 곧바로 자세를 정돈했지만 살기에서 밀렸다는 것 때문에 충격에서 쉽게 헤어 나올 수 없었다.

성준은 규태의 자세가 무너졌을 때 바로 파고들려고 했지만 그가 생각보다 빨리 자세를 정돈하는 바람에 그럴 수 없었다.

두 사람은 서로를 탐색하기 위해 1분 동안 움직이지도 않고 말없이 노려보기만 했다.

“왜 안 싸우는 거지? 특수경찰 기다리는 건가…….”

“바보 같은 말 하지 마. 이런 상황에서는 조금이라도 실수를 하면 바로 죽는다고 들었어.”

“저 사제복 같은 거 입은 헌터는 잘해봤자 A급 헌터인 거 같은데 S급 헌터인 차규태가 압도 못 한다는 거야?”

“알아서 하겠지.”

“그냥 쫄아서 저러는 거 아냐?”

구경꾼들의 대화가 규태를 자극했다. 결국 그가 먼저 움직였다. 오러가 깃든 소검을 휘두르며 검지의 끝은 성준의 급소를 노렸다.

‘처음부터 전력을 다해야 해……!’

성준의 두 눈이 날카롭게 빛났다. 그는 고속 이동술을 펼쳐서 규태의 측면으로 이동했다. 규태는 기척이 감지된 방향을 향해 마력탄을 발사했다.

쿵!

성준이 회피하자 마력탄은 애꿎은 바닥을 강타했다. 땅이 움푹 파이면서 크레이터가 생겼다.

"제기랄!"

지금까지 상대해 본 헌터들과 다르게 자신이 좀처럼 '압도'하지 못하자 규태는 욕설을 내뱉으며 초조한 심정을 드러냈다.

'그걸 쓰는 수밖에 없겠어……!'

규태는 자신이 아껴온 비장의 기술을 사용하기로 마음먹었다. 그는 허리에서 단검을 뽑아서 성준에게 던졌다. 시야를 혼란시키기 위한 견제공격이었지만 성준은 너무나 쉽게 피하며 검을 휘둘렀다.

공방이 이어진 끝에 성준의 검이 규태의 목을 베었다. 아니, 베었다고 생각했지만 붉은 피가 뿜어져 나오는 규태의 몸이 신기루처럼 녹아내렸다.

"잔상!"

기척이 느껴지는 곳은 뒤였다.

성준은 급히 몸을 돌려 대응했지만 규태가 내찌른 소검이 먼저 그의 허벅지를 찔렀다.

잔상을 섞어서 적을 혼란시키기고 은신으로 빠르게 배후로 이동하는 이 기술은 규태가 자랑하는 비장의 기술, 그림자 기습이었다.

"크윽!"

무리하게 방어가 견고한 급소를 노리는 것보다 실전에서의 행동을 제약하는 부위를 노리는 솜씨가 그가 여간내기가 아니라는 것을 말해주고 있었다.

성준은 곧바로 반격을 가했지만 규태는 특유의 민첩한 움직임으로 먼저 소검을 회수해서 방어에 나섰다.

다시 치열한 공방이 이어졌다.

"하앗!"

짧은 기합과 함께 성준이 규태의 소검을 강하게 쳐냈다. 그가 소검을 다시 회수했을 때 성준은 고속 이동술을 펼쳐 거리를 벌린 뒤였다.

'허벅지에 부상을 입은 상태로 고속 이동술을 펼쳤다고?'

불가능한 것은 아니었지만 끔찍한 고통이 따를 뿐만 아니라 상처가 벌어지기 때문에 강한 정신력이 없으면 힘든 일이었다.

출혈이 심해져서 성준이 서 있는 곳에 붉은 피 웅덩이가 생겼다.

"거봐, 피가 엄청 쏟아지잖아."

그 모습을 본 규태는 비웃음을 흘렸다.

"힐."

대응할 가치도 없었다. 성준은 그저 '힐'을 시전할 뿐이었다. 백색의 섬광이 상처에 깃들자 규태는 물론이고 구경꾼들 모두가 경악했다.

"회, 회복계였다고?"

"이게 무슨 말도 안 되는……."

모두가 믿을 수 없다는 표정이었다. 회복계의 신체 능력으로는 S급 전투계 헌터를 상대할 수 없다.

"혹시 SS급 헌터 아냐? 그러면 가능하잖아?"

"너 바보야? 한국에는 SS급 이상이 없어! 미국이나 러시아에나 있다고!"

"저거 봐, 힐량도 엄청난 것 같아. 벌써 출혈이 완전히 멎었어."

구경꾼들이 술렁였다.

성준이 입을 열었다.

"네가 구사하는 검술은 다 파악했어. 이제 내 차례다."

그의 전생은 제국 최고의 기사 검성 로우켈이었다. 아직 동조율이 높다고는 할 수 없었지만 웬만한 검술은 몇 번 공방을 주고받는 것만으로 완벽하게 파악할 수 있을 정도였다.

규태가 구사하는 검술 같은 경우에는 변칙적이고 속임수가 많이 섞여 있어서 파악하는 데 오래 걸린 것이었다.

"이제 사과는 필요 없어."

성준의 모습이 사라졌다. 규태는 기척이 느껴지는 곳으로 급히 몸을 돌리며 소검을 들어 올렸다.

완벽한 방어 자세였다. 빈틈은 전혀 없었고 규태는 자신만만한 표정을 지었다. 하지만 그는 곧 절망했다.

6개의 칼날이 6곳의 급소를 노리고 동시에 쇄도하고 있었다. 그것을 본 규태는 깨달았다.

'이건 막을 수 없다.'

그는 최선을 다했다. 전광석화처럼 소검을 휘둘렀다. 거의 동시에 6곳의 급소를 노리는 6개의 환영검, 규태는 무려 5개를 방어하는 기행을 선보였다.

'그래도 S급 헌터라는 이건가……?'

성준도 놀랄 수밖에 없었다.

지금까지 환영검을 이렇게 많이 막아낸 상대는 없었다. 규태가 조금만 더 일찍 반응했다면 6개의 환영검을 모두 막아냈을지도 몰랐다. 그렇게 되면 최강의 일격 필살 기술이 실패한 성준은 지고 말았을 것이다.

"크악!"

그러나 결국 하나를 막아내지 못했다. 환영검은 규태의 복부를 관통한 뒤 사라졌다. 규태에게 끔찍한 고통이 찾아왔다.

규태는 고통에 찬 신음을 토해냈다.

"자, 잠깐!"

성준이 검을 내찌르려는 순간 규태는 뒤로 물러나며 다급하게 손을 들어 올렸다.

"사, 살려줘…… 사과도 하고 돈도 줄게…… 그러니까 제발……."

"미안하지만 나는 후환을 남기는 바보짓은 안 해."

성준은 차갑게 대답하면서 검을 내찔렀다.

"젠장 할! 살려달란 말이야!"

규태는 급히 소검을 휘둘러 방어하면서 속임수를 섞어 견제까지 했다.

'치명상을 입은 상태에서 이 정도까지 반격한다고?'

규태의 실력만큼은 확실했다.

하지만 그가 뛰어난 전투 능력을 보일수록 성준은 그를 죽여야 한다는 생각이 선명해졌다.

'죽여서 후환을 남기지 않는다……!'

적을 살려준다는 것은 있을 수 없는 일이다. 목숨을 구원받으면 당장은 고맙겠지만 그 감정은 곧 복수심으로 변한다.

"그래! 죽여라, 새꺄! 근데 나도 혼자는 안 죽는다!"

검지에서 발사된 마력탄을 피했을 땐 규태가 고속 이동술을 펼쳐서 순식간에 거리를 좁힌 뒤였다.

부상을 입은 상태에서 고속 이동술을 펼친 탓에 열린 복부에서 붉은 피와 함께 잘린 내장 조각들이 쏟아졌지만 그는 개의치 않았다. 지금 그의 머릿속에는 성준과 동귀어진을 하겠다는 생각만 가득했다.

"섬광 베기."

규태는 방어를 도외시하고 광전사처럼 달려들었다. 성준은 굳이 무리해서 환영검을 사용하지 않고 비교적 가벼운 기술인 섬광 베기를 사용해 놈의 상체를 깊이 베었다.

"으아아!"

규태는 비틀거렸지만 필사의 의지로 성준을 향해 소검을 찔렀다. 그러나 치명상을 중첩해서 입었으니 제대로 된 속도가 나올 리 없었다.

성준은 뒤로 한 걸음 물러나는 것으로 규태의 찌르기를 회피했다. 그리고 동시에 단검을 뽑아 규태의 왼쪽 눈에 꽂았다.

"커헉!"

짧은 비명과 함께 마침내 규태가 힘없이 쓰러졌다.

성준은 곧바로 그에게서 마력을 흡수했다.

-동조율이 30%가 되었습니다.

리슈발트가 보고했다. 무려 3%나 올랐다. 동조율 초월은 과하지 않았던 탓에 고통은 심하지 않았다.

"방금 무슨 일이 있었던 거야……?"

"너무 빨라서 못 봤어요."

"차규태가 죽었어!"

"도대체 무슨 일이 있었던 거지?"

다른 헌터들이 눈으로 좇기엔 성준과 규태의 동작이 너무 빨랐다. 그들이 보기에 모든 일은 한순간에 벌어졌다.

구경꾼들은 소강상태였을 때에만 잠깐이나마 두 사람의 모습을 볼 수 있었다. 그 외에 볼 수 있었던 것은 잔상뿐이었고,

그마저도 B급 이상의 헌터들만 볼 수 있을 정도였다.

"무장 경찰이다!"

누군가 외쳤다.

성준은 이미 멀리서부터 들리는 엔진음을 듣고 검을 집어넣고 있었다. 괜한 의심을 살 수도 있었기 때문에 검은 들고 있지 않는 게 좋았다.

"저 사람 S급 헌터를 죽였어요……."

"S급 헌터는 아닌 것 같은데……."

"정부에서 숨겨뒀던 SS급 헌터 아닐까?"

구경꾼들은 성준에게 선불리 접근하지 못하고 거리를 벌렸다. 아직까지 공기 중에 남아 있는 진한 살기가 숨 쉬는 것조차 힘들게 했다.

이윽고 도착한 경장갑차에서 무장 경찰 4명이 내렸다.

한 명은 전투계 헌터인 것인지 단검을 들고 내렸고 다른 한 명은 부상자를 치유하기 위해 온 회복계 헌터인 것인지 성준의 것과 비슷한 사제복을 입고 있었다.

무장 경찰은 엄밀히 말하면 국가 정규군이 아니기 때문에 헌터가 소속되어도 국제 조약이 위배되지 않았다.

"헌터님? 잠시 협조를 부탁드리겠습니다."

헌터로 보이는 무장 경찰이 거리를 유지한 채 조심스럽게 물었다. 긴장한 것인지 볼에 굵은 땀방울이 흐르고 있었다.

그도 신고 내용을 들어서 차규태가 관련되어 있다는 것을 알고 있었다. S급 헌터를 죽일 정도면 그 이상의 실력자일 확률이 높았다. 그래서 무장 경찰도 함부로 대하지 못했다.

'잘못하면 본대가 와도 다 전멸한다.'

S급 헌터가 상대라면 충분히 가능한 일이었다.

-마력으로 봤을 때 C급 정도로 보입니다.

리슈발트가 설명했다.

"어떤 협조를 말씀하시는 겁니까?"

성준의 냉담한 반응에 무장 경찰은 마른침을 삼켰다. 그는 긴장한 표정으로 입을 열었다.

"본부까지 동행해 주셔야 합니다. 무기도 압수해야 하고요."

"무기 압수는 동의할 수 없습니다. 저는 '정당방위' 수칙을 따랐을 뿐입니다."

"하지만 무기를 압수하지 않으면……."

"지금 상황이 이해가 안 갑니까?"

S급 헌터와 트러블이 있었다는 신고 내용, 하지만 쓰러진 것은 S급 헌터였다. 자세한 설명은 하지 않았지만 성준의 말 한마디는 상황을 이해시키는 데 충분했다.

"아, 알겠습니다."

그는 고개를 끄덕였다.

"조사도 여기서 간단하게 하세요. 저는 바쁩니다."

무장 경찰 본부까지 가서 조사를 받으면 얼마나 시간이 오래 걸릴지 몰랐다. 게다가 그는 지금 규태 때문에 기분이 좋지 않았다.

"하, 하지만……."

무장 경찰관은 당황한 기색이 역력했다. 그 모습에 성준은 한숨을 내쉬었다.

하긴, 말단이 무슨 권한이 있겠는가?

"스마트폰 좀 써도 됩니까?"

"무, 물론입니다."

성준은 현성에게 전화를 거는 동안 무장 경찰의 후속팀이 도착했다. 경장갑차 4대에서 무장 경찰관들이 내렸다.

하지만 심상치 않은 분위기에 쉽게 접근하지 못했다.

-김현성입니다.

현성이 전화를 받았다.

성준은 그에게 상황을 설명했다.

-지금 가겠습니다. 최대한 시간을 끌어주세요.

현성은 망설임 없이 성준을 돕겠다는 의사를 말했다. 통화가 끝나자 무장 경찰관들이 다가왔다.

"협조해 주시겠습니까?"

"10분만 있다가 가죠."

"알겠습니다."

성준의 전투력을 정확하게 가늠할 수 없었기 때문에 무장 경찰관들은 조심스러웠다.

그럴 수밖에 없는 상황이었다. 급하게 출동한 무장 경찰관 중 헌터는 4명. 그것도 B급 회복계 한 명을 제외하면 모두 C급이었다.

'왔군.'

멀지 않은 곳에서 장갑차의 엔진 소리가 들려왔다. 고개를 돌리자 관리국 소속 무장 기동대의 장갑차 2대가 빠르게 거리를 좁혀 오고 있었다.

장갑차가 멈추자 현성이 소총을 든 기동대원들과 함께 내렸다.

"거기 계신 헌터는 저희 쪽에서 조사하겠습니다. 인계해 주시겠습니까?"

"저희는 신고를 받고……."

"하지만 분쟁 상황은 끝난 것 같은데요? 헌터 분쟁 관리는 저희 소관이기도 합니다. 현장에 저희가 없으면 모를까, 지금 도착했으니까 귀찮은 절차 생략하고 그냥 인계해 주시죠."

현성이 말했다.

어차피 무장 경찰에서 조사를 하더라도 결국에는 헌터 관리국으로 인계되기 때문에 현성이 틀린 말을 한 것도 아니었다.

"일단 상부에 보고하겠습니다."

"그렇게 하세요."

무장 경찰관의 말에 현성이 대답했다. 무장 경찰관이 무전을 보내는 동안 현성은 성준의 옆으로 다가갔다.

"경찰청과는 이야기가 끝났습니다. 잘 해결될 겁니다."

성준만 들을 수 있을 정도로 작은 목소리였다. 그의 목소리에서 자신감이 넘치는 걸로 보아 헌터 관리국과 경찰청이 이야기를 잘 끝낸 것 같았다.

일단 헌터 관리국의 논리대로라면 문제 될 만한 점이 없는 상황이었다. 거기다 새로운 S급 헌터가 탄생했을지도 모른다는 사실에 경찰청에서도 조심스러운 태도를 보이는 것이었다.

한국에서 S급 헌터라는 이름이 가지는 무게는 결코 가볍지 않았다.

"혹시 김현성 팀장님이십니까?"

무장 경찰관이 조심스럽게 다가와 물었다. 상부에서 연락을 받은 것인지 현성의 이름을 알고 있었다.

"네, 접니다."

현성이 고개를 끄덕이며 대답했다.

"상부의 허가를 받았습니다. 저희는 이만 물러나겠습니다."

"감사합니다. 차규태 씨의 시체도 저희 쪽에서 확보하겠습니다."

"전달받았습니다. 그렇게 하셔도 좋습니다."

어찌 되었든 조사는 받아야 했다. 다만 경찰청에서 받게 되

면 시간이 많이 소모될 가능성이 컸는데 현성의 도움으로 헌터 관리국의 건물에서 간단한 조사만 받게 되었다.

"차태규 씨가 선공하는 모습이 블랙박스에 확실하게 찍혀 있어서 형식적인 질문 몇 가지만 대답해 주시면 됩니다. 5분이면 끝날 거예요."

성준의 조사는 팀장인 김현성이 맡게 되었다. 그의 말대로 조사는 정말 간단해서 5분 만에 끝이 났다.

"수고 많으셨습니다."

조사가 끝나고 성준은 관리국에서 제공한 차를 타고 오피스텔로 향했다.

충돌에도 불구하고 헌터 세단은 시동도 잘 걸렸지만 혹시 모를 손상이 있을 수도 있어 전문가의 진단을 받기 위해 현성에게 잠시 맡겼다.

성준이 떠나고 조사 1팀 사무실에 누군가 찾아왔다.

"과장님 오셨습니까?"

성준이 진술한 내용을 정리하고 있던 현성이 의자에서 일어나 고개를 숙였다.

"김 팀장이 수고가 많아."

현성에게 친근하게 말을 걸며 캔 커피를 건네는 그는 헌터 관리국의 조사과장인 박병서였다. 그는 C급 보조계 헌터였지만 던전 공략이 맞지 않아서 헌터 관리국에 취직한 최초의 헌터였다.

"수고라니요. 해야 할 일을 하고 있을 뿐입니다."

"침공 던전 때도 수고가 많았어."

"감사합니다."

병서의 말에 현성은 캔 커피를 따서 마시며 대답했다.

병서는 그런 그의 모습을 미소와 함께 지켜보았다. 현성이 커피를 다 마시자 병서는 차분한 표정으로 입을 열었다.

"목격자들 증언이랑 블랙박스 영상은 확보했지?"

"블랙박스 영상은 모두 확보했습니다. 목격자들 증언은 팀원들이 녹취하고 있습니다."

현성의 대답에 병서는 만족스러운 표정으로 고개를 끄덕였다.

"좋아, 잘하고 있어."

"하지만 크게 기대하지 않는 게 좋을 것 같습니다. 목격자 중에 B급 헌터도 몇 명 있었지만 제대로 보지도 못했다고 합니다."

"그나마 블랙박스 영상을 확보해서 다행이군?"

"그렇습니다."

현성이 대답했다. 그는 진술서를 정리를 끝냈다.

"그래서, 김 팀장 생각은 어때?"

"강성준 씨의 S급 여부 말입니까?"

"그래."

"어떤 방법으로 계측기를 속인 것인지는 모르겠지만 저는 S급이 확실하다고 생각합니다."

병서의 물음에 현성은 확신을 담아서 대답했다.

"그 정도인가?"

현성의 목소리에 담긴 강한 확신의 기운에 병서도 조금은 놀란 눈치였다.

"강성준 씨가 '힐'을 사용한 건 1회에 불과했습니다. 즉, 힐을 한 번만 사용해도 될 정도로 공격을 거의 허용하지 않았다는 말입니다. S급 헌터를 상대로 말이죠."

"확실하군. 국장님에게 보고해야겠어. 김 팀장은 연결점 계속 유지하면서 강성준 씨 요청이 있으면 뭐든지 보고해. 아마 국장님이 웬만한 건 다 허가해 주실 거야."

"강성준 씨를 스카웃할 생각이십니까?"

국제 조약으로 헌터가 군에 소속되는 건 금지되어 있지만 기업 소속 길드나 몇몇 국가기관에 소속되는 경우는 드물지 않았다.

S급 헌터 중에서도 서열 6위의 나준열이 경찰청에 소속되어 있는 걸로 유명했다.

6장
득템

헌터 관리국에서 정보를 통제했지만 S급 헌터의 존재감이 워낙 세서 차규태의 죽음은 헌터닷컴과 언론을 통해 단숨에 한국 전역에 퍼졌다.

'무한동력' 대신 '정당방위'라는 별명이 다시 고개를 들었다.

헌터 관리국에서 노력한 덕분에 성준이 귀찮아할 일은 발생하지 않았다. 인터뷰 요청이 들어오긴 했지만 모두 거절했다.

[차규태 새끼, S급 헌터라고 온갖 범죄는 다 저지르고 다니더니, 꼴 좋다.]

[내가 언젠가는 이렇게 죽을 줄 알았음. 인과응보임.]

[초신성의 등장인가? 크큭!]

인터넷 반응은 뜨거웠다. 규태의 죽음을 슬퍼하는 이는 아무도 없었고 성준을 좋게 평가하는 글이 대부분이었다.

한국 정부는 이번 '정당방위' 사건에서 침묵했다. 성준이 새로운 S급 헌터일 가능성이 높았기 때문에 그를 대하는 태도를 신중하게 할 수밖에 없었다. 그동안 규태의 행실이 너무 나빴던 것도 한몫했다.

-수련장에 가십니까?

점심 식사를 끝내고 외출 준비를 서두르는 성준을 보며 리슈발트가 물었다. 하지만 성준은 고개를 저었다.

"아니, 오늘은 경매장 갈 거야. 레벨업해야지."

-그렇군요.

성준의 대답에 리슈발트는 고개를 끄덕였다. 그가 말한 '레벨업'은 경매장 회원 등급을 올리는 것이었다.

헌터 세단의 정비도 끝났으니 '활동'을 시작할 생각이었다. 경매장의 일이 끝나면 돌아오는 길에 던전 관리국에 들러서 B급 던전 솔플 일정도 잡을 생각이었다.

동조율 30%가 되면서 다음 각성 던전에 출입할 수 있는 자격이 되었다고 리슈발트가 말했었다.

"나쁘진 않네."

성준은 정비를 끝마치고 다시 돌아온 헌터 세단의 상태를 살핀 뒤 혼잣말을 내뱉었다.

어제 정비가 끝났지만 자세히 살피지 못했었다. 오늘 보니까 현성이 실력 좋은 정비사들을 썼는지 파손된 곳을 찾아볼 수 없었다.

성준은 기분 좋은 마음으로 운전석에 올라탔다.

경매장은 멀지 않았다. 얼마 지나지 않아서 도착할 수 있었다.

"좋은 하루 보내십시오."

성준이 경비원의 인사를 받으며 경매장으로 들어섰다. 회원 등급을 올리기 위해서 온 것이었기 때문에 벽면에 설치된 화면을 보고 가장 빨리 시작되는 경매를 찾아보았다.

10분 뒤에 시작하는 게 하나 있었다.

'4번 경매장.'

위치를 알고 있었기 때문에 굳이 안내원에게 물어보지 않고 걸음을 옮겼다.

"경매가 곧 시작됩니다!"

4번 경매장 안에 들어와 의자에 앉기 무섭게 마이크를 든 진행자의 목소리가 스피커를 통해 울려 퍼졌다.

성준은 경매가 시작되길 기다리며 주변을 살폈다.

곧 경매가 시작될 예정이었지만 기다리고 있는 사람은 성준을 제외하면 4명에 불과했다.

'오늘은 유난히 사람이 없네.'

성준은 의아해했지만 의문을 품지는 않았다. 경쟁이 치열하지 않으면 경매 물품의 가격이 많이 뛰지 않을 가능성이 높았다.

"오래 기다리셨습니다! 곧 경매를 시작하겠습니다!"

경매 진행자가 입가에 마이크를 가져가며 말했다.

성준은 앞에 놓여 있는 태블릿으로 경매로 나온 물품을 자세히 살폈다.

'군화인가……?'

일반적인 신발보다는 군화에 가까운 모습이었다. 이계의 아이템답게 꿈속 어디선가 본 듯한 디자인이었다.

-정확한 소속은 기억나지 않지만 제국군의 어떤 특수부대가 사용하는 것과 비슷합니다.

리슈발트가 말했다.

성준은 대답 대신 고개를 끄덕였다. 태블릿에는 경매 물품의 정보도 간략하게 나와 있어서 확인할 수 있었다.

[알 수 없는 신발]

A급.

알 수 없음.

당장 알 수 있는 것은 아이템 등급뿐이었다. 성준이 태블릿으로 아이템 정보를 보는 동안 진행자는 아이템의 외관을 간단하게 설명했다. 이계의 기운 때문에 감정이 불가능해서 아이템의 기능 같은 걸 설명하는 시간은 없었다.

"경매를 시작하겠습니다! 시작가는 2천만 원입니다!"

시작은 무난하게 2천만 원이었다. 성준은 벨을 누르지 않고 기다려 보았지만 그 누구도 먼저 입찰을 하는 사람이 없었다.

눈치를 보면서 서로를 탐색하는 것은 아니었다. 그들의 모습을 볼 때, 대부분이 단순한 구경을 위해 경매장에 들어온 것 같았다.

결국 성준이 먼저 벨을 누르고 태블릿으로 입찰가를 전송했다.

"2천 1백만 원 나왔습니다! 더 없습니까?"

입찰자가 나오지 않아서 무안하게 서 있던 진행자가 신난 목소리로 외쳤다.

'이겼나…….'

정말 대부분이 단순히 구경을 하러 나온 것인지 좀처럼 다음 입찰이 나오지 않았다.

성준이 낙찰을 확신한 순간이었다.

"2천 3백만 원 나왔습니다!"

누군가 벨을 누르고 입찰을 한 것이었다. 그 금액도 결코 적지 않았다. 하지만 오히려 입찰이 없는 게 이상한 현상이라고 볼 수 있었기에 성준은 당황하지 않고 차분한 표정으로 벨을 누르고 입찰가를 전송했다.

"2천 5백만 원 나왔습니다! 다음은 없습니까?"

진행자가 신나서 외치자 기다렸다는 듯이 다른 누군가가 벨을 누르고 입찰가를 전송했다.

"2천 6백만 원입니다!"

투박한 모습 때문에 기대도 하지 않았던 물품에 경쟁이 붙자 진행자는 물론이고 구경하고 있던 참가자들도 흥미진진한 표정이었다.

경매장은 과열되었다. 단숨에 3천만 원까지 입찰가가 올라갔다. 성준은 아직까지 여유로웠지만 그와 멀리 떨어지지 않은 곳에 앉아 있는 젊은 남자는 심각한 표정이었다. 아마 성준과 경쟁이 붙을 거라곤 생각도 못 한 모양이었다.

"크윽……."

남자는 분한 얼굴로 고개를 저었다. 돈이 부족한 모양이었다. 결국 그는 경매장을 떠났다.

"더 없습니까? 3천 1백만 원에 낙찰입니다! 축하합니다!"

결국 성준이 낙찰받았다.

다른 이들은 좋은 구경을 했다는 표정으로 경매장을 떠났고 홀로 남은 성준에게 직원들이 경매 물품을 전달하기 위해 다가왔다.

"축하드립니다, 고객님!"

성준이 회원증을 보여주자 진행자는 축하와 함께 아이템을 전달했다.

'별말이 없는 걸 보니까 S급 아이템이 출현한다는 VIP 경매장에 출입하려면 아직 멀었나 보네…….'

성준은 아쉬움을 뒤로한 채 경매장을 떠났다.

-꽤 오래된 것 같지만 제국군의 군화가 맞습니다. 그런데 제식과는 조금 다르니…… 아마 특수부대에서 사용했던 것 같습니다.

주차장으로 내려가는 길, 성준이 낙찰받은 신발을 가까이서 살핀 리슈발트가 기억을 더듬은 끝에 확신이 섞인 목소리로 말했다.

"그래, 나도 기억이 나는 것 같아. 어딘지는 모르겠지만 특수부대가 썼던 게 맞을 거야."

운전대를 잡은 성준이 오피스텔까지 차를 몰았다. 주차를 끝내고 방으로 돌아온 그는 넓은 탁자 위에 두꺼운 천을 깔고 군화를 올려놓았다.

"리슈발트."

성준은 설명하지 않았지만 리슈발트는 그가 내린 명령을 이해했다.

-새로운 아이템의 존재를 확인.

리슈발트가 손을 뻗어 마력을 흘려보내자 성준이 들고 있던 계측기가 반응했다. 이계의 기운이 사라진 것이다.

[제국군 차원기동 부대의 군화]

A급.

블링크 효과 확인.

무려 블링크 옵션이 붙어 있는 아이템이었다.

"제국군 차원기동부대가 사용했던 거였나?"

성준은 군화를 자세히 살폈다. 오래전에 썼던 것인지 많이 낡아서 차원기동 부대의 문장은 찾을 수 없었다.

-블링크라면 상위 마법입니다. 마력 소모가 심한 편이지만 고속 이동술보다 신속하게 위험 지역을 이탈할 수 있습니다.

리슈발트의 설명에 성준은 고개를 끄덕였다. 그렇지 않아도 긴급하게 전투 현장을 탈출하기 위한 수단이 필요했었다.

성준은 부상을 입어도 적과 거리를 벌리면 10분 안에 멀쩡한 모습으로 다시 싸울 수 있는 괴물이었다.

'이걸로 조금 더 효율적인 전투가 가능하겠군.'

성준의 입가에 미소가 번졌다.

-주군, 축하드립니다.

그 모습을 본 리슈발트가 축하 인사를 건넸다.

"그래, 고맙다."

성준은 고개를 끄덕인 뒤 자신의 방으로 돌아가 컴퓨터를 켰다. 문득 블링크 옵션이 붙은 아이템의 가격이 얼마나 하는지 궁금해진 것이었다.

최근 인터넷과 친해진 리슈발트도 호기심이 생긴 것인지 슬며시 모니터 옆으로 다가왔다.

헌터닷컴에서 블링크 옵션이 붙은 아이템 정보를 검색하니까 시세 정보가 줄지어 나왔다.

그것을 찾아본 성준은 깜짝 놀랐다.

"제일 싼 게 100억……?"

블링크 옵션만 붙어 있는 신발형 아이템 가격이 제일 싼 게 100억이었다. 비쌀 거라고 생각하긴 했지만 예상을 초월한 가격에 놀랄 수밖에 없었다.

-주군, 축하드립니다.

리슈발트가 다시 한번 축하의 말을 건넸다.

바꿔 말하면 100억이 넘는 아이템을 3천 1백만 원에 샀다는 말이 된다. 성준은 차오르는 희열에 가볍게 몸을 떨었다.

"이거…… 할 만하네……?"

성준의 입가에 미소가 번졌다.

단순한 수집이 아니라 확률이 높은 복권을 긁는 기분이었다. 특히 이번에는 1등에 당첨된 기분이었다.

"리슈발트."

-말씀하십시오, 주군.

리슈발트가 대답했다.

성준은 고개를 돌려서 그를 향해 시선을 옮겼다.

"시험해 보자."

그는 새로운 장난감을 산 어린아이처럼 들떠 있었다.

며칠 뒤, C급 던전 솔플 일정이 잡혔다. 성준의 등급과 레이팅이라면 B급 던전도 어렵지 않게 솔플할 수 있지만 군화 아이템을 시험해 보기 위해서 공략 난이도가 낮은 C급 던전을 선택했다.

보스방에서 블링크의 성능을 시험해 보고 각성 던전에 진입할 생각이었다.

"진입하셔도 좋습니다."

성준은 대기하고 있던 던전 관리국 직원에게 헌터 자격증을 보여주는 것으로 확인 절차를 끝낸 뒤 던전에 진입했다.
드론의 뒤를 따라 분주히 걸음을 옮기자 마물들이 모습을 드러냈다.
"크워어어!"
오크 무리가 출현했음에도 불구하고 성준은 멈추지 않고 달려 나갔다. 그가 옆을 지나치는 순간 오크들은 피를 뿜어내며 쓰러졌다.
그는 멈추지 않고 전진하여 보스방에 도착했다.
보스는 오우거였고 하수인 마물은 없었다.
-블링크를 시험해 보기 좋은 환경인 것 같습니다.
리슈발트의 말에 성준은 대답 대신 고개를 끄덕였다. 그리고 오우거를 향해 천천히 거리를 좁혔다.
성준의 존재를 인식한 오우거가 그를 향해 달리기 시작했다.
"우워어어!"
오우거가 괴성을 지르며 거대한 전투도끼를 휘두르는 순간, 성준은 마력을 끌어 올리며 입을 열었다.
"블링크."
성준의 몸이 사라졌다. 오우거가 휘두른 전투도끼는 성준이 방금 전까지 있었지만 지금은 아무도 없는 허공을 힘차게 가르고 지나갔다.
"우워?"

오우거는 당황했다. 그의 뒤에 성준의 모습이 나타났다.
휘둘러진 칼날이 오우거의 뒷목을 깊이 베었다.
쿵!
오우거는 힘없이 쓰러졌다.

-공략 확인, 계측 완료. C급 던전을 클리어하셨습니다.

계측기가 반응했다.
성준은 오우거의 시체에서 마력을 흡수한 뒤 마정석을 챙겨서 차원 주머니에 넣었다.
-성능은 어떻습니까?
"시전 속도가 빠르지만 마력 소모가 커. 위험할 때가 아니면 사용을 자제해야겠어."
성준은 군화 아이템의 옵션 스킬인 '블링크'에 대해 냉정하게 평가했다. 일격 필살을 위한 기습이나 재정비를 위한 긴급 이탈의 경우에나 사용하게 될 것 같았다.
-각성 던전을 엽니까?
리슈발트의 물음에 성준은 입꼬리를 끌어 올렸다.
"당연하지."
리슈발트가 손을 휘젓자 주변 배경이 녹아내렸다. 변화가 끝났을 땐 어둠 속이었다. 하지만 곧 눈이 어둠에 익숙해지자 시야가 확보되었다.

'요새 안인가……?'

어두운 통로의 벽면은 단단해 보이는 암석으로 이루어져 있었다.

'은신을 사용할 필요는 없겠어.'

암살자 출신은 아니었지만 어둠 속에 몸을 숨기고 기척을 죽이는 방법 정도는 알고 있었다. 은신은 마력 소모가 많기 때문에 블링크처럼 필요한 순간에만 사용해야 했다.

성준은 기척은 죽인 채 천천히 앞으로 나아갔다. 앞은 어두웠지만 어느 순간부터 벽면에 횃불이 걸려 있었다.

'기척이다.'

성준은 먼 곳에서 서성이는 기척을 감지했다. 그는 리슈발트를 향해 시선을 옮겼다.

"리슈발트, 정찰할 수 있겠어?"

기척은 멀리서 느껴졌지만 아주 작은 목소리로 말했다. 거리가 멀어서 적의 정확한 수와 위치를 알기 힘들었다.

정찰이 가능하다면 기습에 도움이 될 것 같았다.

-다녀오겠습니다.

다행히 마력의 간섭이 없는 것인지 그는 성준의 말이 끝나기 무섭게 정찰 행동에 나섰다.

성준도 검자루에 손을 얹은 채 천천히 앞으로 나아갔다. 5분 정도 걷자 정찰을 위해 앞서갔던 리슈발트가 돌아왔다.

-군사 목적의 요새가 맞는 것 같습니다. 가까운 곳만 살폈는데도 병력의 수가 제법 많았습니다.

"앞에 있는 적의 수는?"

-기사 2명에 병사 21명입니다.

"평기사야?"

기사들이라고 해서 무조건 오러를 사용할 수 있는 것은 아니었다. 제국에서도 오러 사용자는 흔치 않았고 대부분 기사여단과 같은 정예 전투 집단에 소속되어 있었다.

일반 제국군에 소속된 평기사들은 대부분이 오러를 사용하지 못했다.

-기사와 병사들 모두 정예 부대 소속은 아니었습니다.

"그러면 일반 부대 소속인가……? 어렵지는 않겠어."

-하지만 수가 많아서 방심해서는 안 될 것 같습니다.

리슈발트의 진언에 성준은 고개를 끄덕였다.

"요새의 크기는 어느 정도야?"

성준이 물었다. 식량을 넉넉히 챙겨 오긴 했지만 알아둘 필요가 있었다.

-이곳 주변만 정찰해서 정확한 크기는 알 수 없었습니다. 하지만 사용된 건축 양식을 볼 때 제국군의 '전진 거점'으로 추정됩니다.

"그럼 엄청 크겠네."

리슈발트의 대답에 성준은 눈살을 찌푸렸다.

전진 거점에 대한 정보는 기억하고 있었다. 전진 거점은 전략적 요충지에 건설되는 요새를 칭하는 단어로 전진 기지보다 훨씬 규모가 컸다.

이윽고 성준은 첫 번째 적들이 모여 있는 곳에 도착할 수 있었다.

'대기실인가……?'

그는 어둠 속에서 검은 눈동자를 반짝이며 차분하게 검을 뽑았다. 칼날이 검집에 스치는 소리조차 나지 않았다.

성준은 대기실 중앙으로 난입하며 침묵의 기습을 가했다.

"커헉!"

"크아악!"

빠르게 휘둘러진 검에 그나마 가장 위협이 된다고 판단된 기사 둘이 제일 먼저 죽음을 맞이했다.

안에서 대기하고 있던 병사들은 성준의 모습조차 보지 못했다. 그들이 유일하게 볼 수 있었던 것은 피를 쏟으며 쓰러지는 기사들의 모습이었다.

"저, 적이…… 컥!"

거치대에 걸려 있는 검을 향해 다급하게 달려가던 병사가 그대로 힘없이 쓰러졌다. 잘린 머리가 바닥에 뒹굴었다.

"적습이다!"

"대응해!"

병사들이 무기를 뽑아 들었을 땐 이미 절반이 넘는 병사가 쓰러진 뒤였다.

"크하악!"

뭔가가 빠르게 지나갔다. 그리고 또 한 명의 병사가 붉은 피를 흩뿌렸다.

"도, 도대체 어디야!"

병사가 정신을 차렸을 때 그는 홀로 남아 있었다. 두려움이 전신을 장악했다. 그의 앞에 성준이 모습을 드러냈지만 아무것도 할 수 없었다.

"화, 황제 폐하 만세……!"

성준을 향해 단검을 내질렀지만 그가 공격을 허용할 리가 없었다. 병사의 단검 찌르기를 가볍게 피했다. 그리고 검을 휘둘러 병사의 목을 쳤다.

"약해."

기사 여단 소속의 최정예들과 비교해서 실력이 많이 떨어지는 편이었다.

"오러를 사용할 필요도 없겠어."

-현명한 판단입니다. 다수의 잡병을 상대할 때는 마력 소모를 최소화하는 게 좋습니다.

"바로 뒤에는 정예병들이 대기하고 있을 확률이 높기 때문이지."

성준의 대답에 리슈발트는 입가에 미소를 그린 채 고개를 끄덕였다.

-그렇습니다.

다수의 잡병을 내세워 적의 마력 소모를 유도한 뒤 정예병을 투입하는 건 제국의 대표적인 전술 중 하나였다.

-시체는 어떻게 하시겠습니까?

"안 치울 거야. 순찰병이 시체를 발견하기 전에 최대한 많은 구역을 무력화시킬 생각이다."

오히려 시체를 치우다가 발각되거나 시간이 많이 소모될 확률이 높다고 성준은 생각했다. 그래서 그는 시체를 치우지 않고 신속하게 최대한 많은 구역을 무력화시키는 속도전 방식을 택했다.

"리슈발트, 정찰이다. 가장 가까운 적의 위치를 찾아서 보고해."

-알겠습니다.

"최소 15명 이상으로 부탁해. 너무 적으면 이동 시간만 낭비하게 되니까."

-명심하겠습니다.

리슈발트를 정찰 보낸 성준은 시체들에서 마력을 흡수한 뒤 걸음을 재촉했다.

길은 모르지만 리슈발트만 믿고 기다릴 수는 없었다. 천천히 주변을 정찰하며 적의 수를 줄여 나갈 생각이었다.

"전군에 경계 태세가 발령될 거라고 하더군."

"나도 들었네. 왕국 연합 때문일 것이라고 생각하네."

기척이 느껴지는 방향으로 발걸음을 옮기자 대화 소리가 들려왔다.

'기사가 둘.'

기사나 입을 법한 묵직한 갑옷 마찰음이었다. 성준은 근처의 횃불을 모두 끄고 어둠 속에 녹아들었다.

"저기 횃불이…… 컥……!"

이변을 알아챘을 때는 너무 늦은 뒤였다. 단검이 날아와 기사의 미간에 꽂혔다.

"감히!"

홀로 남은 기사는 동료의 죽음에 분노하여 검을 뽑으려했지만 성준이 조금 더 빨랐다. 회수하여 재투척한 단검이 기사의 목을 꿰뚫었다.

"끄르륵!"

끔찍한 소리와 함께 기사의 몸이 힘없이 무너졌다.

"흡수."

기사들의 시체에서 마력 흡수를 끝내고 다시 발걸음을 옮기기 시작한 성준의 앞에 리슈발트가 나타났다.

-가깝지는 않지만 요새 내부의 연락 부대가 대기하고 있는 공간을 찾았습니다. 통신 설비가 갖춰져 있고 전령들이 대기하고 있습니다.

통신 설비를 파괴하고 전령들을 무력화시키면 요새 내부의 명령 체계를 혼란시킬 수 있다.

"안내해."

연락 부대를 무력화시키는 게 좋겠다고 판단한 성준은 리슈발트에게 안내할 것을 지시했다.

-이쪽입니다.

리슈발트는 성준을 건물 밖으로 안내했다. 건물이 워낙 커서 30분이나 걸어야 밖으로 나올 수 있었다.

하늘은 어두웠고 달빛조차 찾기 힘들었다. 방금 전에 나온 곳과 비슷한 크기의 건물이 몇 채는 더 보였다.

그 중앙에 연락 부대의 깃발이 꽂혀 있는 건물이 보였다. 그것은 마치 작은 요새처럼 벽이 단단한 암석으로 구성되어 있었다.

"10명 규모의 순찰대가 3개조. 그리고 담을 지키고 있는 병력이 50명……."

적들의 수준이 낮았기 때문에 정면으로 상대하기에 부담스러운 숫자는 아니었다. 하지만 들키지 않게 모두 죽이는 건 불가능에 가까웠다.

밤하늘은 어둡고 달빛은 침묵했지만 요새의 중앙이라서 순찰하는 병력이 많았다.

'은신을 사용할 수밖에…….'

성준은 주변을 한 차례 살핀 뒤 입을 열었다.

"은신."

성준의 몸이 어둠 속에 녹아들었다. 그는 조심스럽게 걸음을 옮겨 연락 부대 건물 안으로 들어갔다.

문을 열면서 은신이 풀렸다.

입구를 지키고 있던 기사의 시선이 성준에게 향했다.

"저, 적……! 컥!"

하지만 성준이 내찌른 검이 이미 기사의 복부를 관통하고 있었다.

"적이다!"

요새에서 가장 중요한 곳답게 지키고 있는 부대도 나름 정예들이었다. 기사가 쓰러지기 무섭게 곳곳에서 무장한 병력이 쏟아져 나왔다.

"통신 설비를 지켜라!"

방패를 든 병사들이 마법 통신 설비를 지키기 위해 성준의 앞을 막아섰지만 무의미했다.

"슬래시!"

성준이 검을 크게 휘두르며 시동어를 내뱉자 오러 참격이 쏘아졌다. 그것은 방패를 든 병사들을 반으로 절단하고 통신 장비들을 박살 냈다.

"오, 오러 사용자?"

"당황하지 마라! 지원군이 올 때까지 시간을 벌어라! 목숨을 바쳐라!"

어떤 기사가 외쳤다.

병사들이 방진을 구축하는 동안 전투 능력이 없는 통신 마법사들이 서둘러 대피를 시도했다.

하지만 성준은 가만히 보고만 있을 생각이 없었다.

"여기서 아무도 못 나가."

차가운 음성과 함께 살기가 해방되었다. 그와 눈이 마주친 정면의 병사들이 눈을 까뒤집고 기절했다. 정예병들도 아닌 평범한 병사들이 버티기엔 성준의 살기가 너무 강했다.

성준은 쓰러진 병사들을 뛰어넘었다. 그리고 도망치는 통신 마법사들을 향해 몸을 날렸다.

"가, 감히!"

통신 마법사들을 호위하고 있던 기사가 검을 뽑으려는 순간 성준이 그의 목을 그었다. 붉은 피가 튀었다.

"크하아악!"

"으아악!"

통신 마법사들도 기사와 비슷한 최후를 맞이했다.

성준이 검을 휘두를 때마다 핏줄기가 솟구쳤다.

"도, 도대체 어디서 이런 괴물이 튀어나온 거냐!"

모두가 두려움에 떨었다. 기사들조차 성준의 움직임을 두 눈으로 좇지 못했다. 연락 부대가 완전히 전멸하기까지 10분이 걸리지 않았다.

-건물 안에 생존자는 없습니다.

리슈발트가 보고했다. 성준도 고개를 끄덕였다. 건물 안에서 기척을 전혀 느낄 수 없었다.

하지만.

"엄청나게 몰려오고 있네."

요란하게 싸워댔으니 전투의 소음이 건물 밖으로 새어 나간 건 당연한 결과였다.

-제가 정찰을 하고 오겠습니다.

"그래, 다녀와라."

성준이 고개를 끄덕이자 리슈발트는 잠시 건물 밖으로 나갔다가 돌아왔다.

-당장 모인 병력만 해도 200명이 넘습니다. 후속 병력까지 합치면 500명이 넘을 수도 있습니다.

리슈발트의 보고에도 불구하고 성준은 침착한 표정으로 입을 열었다.

"잡병의 수는 중요하지 않아. 마법사는 몇 명이야?"

마력 흡수를 사용할 수 있는 성준에게 있어서 다수의 잡병을 동원한 소모 전술은 효과가 없었다. 기사들의 실력도 형편 없는 것을 확인한 지금, 성준에게 그나마 위협이 되는 존재는 마법사였다.

-마법사로 추정되는 인원은 9명 정도였습니다.

"수준은?"

-강한 마력은 느껴지지 않았습니다.

"좋아, 그 정도면 충분해."

성준은 검에 묻은 피를 한 차례 털어내며 문 쪽으로 걸음을 옮겼다.

-교전할 생각이십니까?

리슈발트의 물음에 성준은 고개를 끄덕이며 입을 열었다.

"더 모이기 전에 다 죽여야지."

성준은 문을 박차고 밖으로 튀어 나가며 고속 이동술을 펼쳤다.

마법사들이 시전한 공격 마법이 성준이 방금 전까지 서 있었던 입구에 쏟아졌다.

"어, 어디 갔어?"

"보이지 않았어."

"탐색 마법을 사용하겠습니다!"

"마법사님들을 지켜라!"

하사관의 호령에 병사들이 바쁘게 움직였다.

"이, 이럴 수가!"

하지만 그들이 방진을 완성했을 땐 마법사들이 전멸한 뒤였다.

"전진하라! 황제 폐하를 위해 목숨을 바쳐라!"

"적이 지치지 않습니다!"

"아군의 피해만 늘어가고 있습니다!"

지휘관은 소모전을 유도했지만 마력 흡수를 사용할 수 있는 성준은 지치지 않고 계속해서 제국군 병력과 맞섰다. 성준이 병사 1명을 죽일 때 소모되는 체력과 마력보다 흡수되는 양이 더 많았다.

"괴, 괴물이다!"

성준이 아무리 괴물 같아도 꿋꿋하게 자리를 지키던 기사여단의 병사들과는 달리 제국군 일반병들은 성준이 휘두르는 두려움에 침식되어 자리를 이탈하기 시작했다.

"도망쳐!"

"이길 수 없어!"

이탈자와 전사자의 수가 도합 300명이 넘어가기 시작하자 기사들과 하사관들도 포기하고 도주했다.

처음 200명이 넘는 병력이 포위를 시작하고 추가로 합류한 병력까지 해서 500명이 넘는 이가 성준과 교전했지만 지금 이 자리에 남아 있는 이는 아무도 없었다.

무수히 많은 시체가 격렬했던 전투의 흔적이었다.

“흡수.”

성준은 시체들에서 마력을 흡수했다.

-동조율이 1% 상승해서 31%가 되었습니다.

리슈발트가 동조율 상승을 보고했다. 적들은 약하고 보유한 마력의 양도 많지 않았지만 흡수한 수가 워낙 많아서 그런지 1%의 상승이 있었다.

“새로운 기술 같은 거 있어?”

-변화는 감지하지 못했습니다.

성준의 물음에 리슈발트는 고개를 살짝 숙이며 대답했다.

“그렇군.”

성준은 아쉬운 감정을 뒤로한 채 걸음을 옮겼다.

이제 그의 앞을 막는 기사나 병사는 없었다. 그는 거침없이 나아가다 문득 어떤 생각이 들어서 고개를 들었다.

“리슈발트.”

성준은 리슈발트를 불렀다.

-하명하십시오.

묵묵히 그의 뒤를 따르고 있던 충직한 영혼 부관은 성준의 부름에 답했다.

“여기가 내가 있던 차원이 확실하지?”

-모든 것이 일치합니다. 제가 마법사는 아니지만 확신할 수 있습니다.

"그러면 이 요새에서 나가면 나는 원래 차원으로 돌아갈 수 있는 건가?"

원래 차원으로 돌아오고 싶은 마음은 크지 않았다. 그저 스쳐 지나가는 생각이었다. 성준의 물음에 리슈발트는 차분한 표정으로 입을 열었다.

-나갈 수 없습니다. 일전에 설명드렸다시피 이곳은 단절된 공간이며 밖은 시간이 정지되어 있습니다.

리슈발트는 기사 출신이었지만 관련 지식이 각인되어 있었기 때문에 성준의 질문에 확답할 수 있었다.

어째서 기사인 그에게 이런 지식이 각인되어 있는 것인지는 아직 알 수 없었다.

"그래? 그러면 어쩔 수 없지……."

성준의 목소리에서 아쉬운 감정은 찾아볼 수 없었다. 그저 스쳐 지나가듯 물어본 것에 불과했기 때문이었다.

"그럼 적들도 여기서 나가지 못하겠지?"

-그렇습니다.

"느긋하게 몰살시켜도 되겠네."

성준의 입가에 싸늘한 미소가 번졌다. 살려준다는 선택지는 존재하지 않았다.

-보스의 위치를 정찰하겠습니다.

리슈발트는 늘 그렇듯 정찰병을 자처했다.

"좋아."

성준이 고개를 끄덕이자 리슈발트가 모습을 감췄다. 그리고 10분 정도 시간이 흐른 뒤 다시 나타났다.

-거점 지휘관의 위치를 확인했습니다.

"머냐?"

-20분 정도 걸어가야 할 정도지만 주군이라면 금방 도착할 수 있을 것 같습니다.

"안내해."

리슈발트가 앞서 나가기 시작했다. 성준은 그 뒤를 따랐다.

빠른 속도로 3분 정도 이동하자 성준은 다수의 기척을 감지할 수 있었다.

"600명은 되는 것 같은데……?"

-마법사도 다수 있습니다. 거점 지휘관이 잔존 병력을 집결시킨 것 같습니다.

"거점 요새 방어를 위해 전술적으로 움직여야 할 지휘관이 자기 안전만을 위해서 병력을 집결시켜? 안 될 놈이네……."

성준은 고개를 저었다.

조금 더 걸어가자 적들과 조우하게 되었다. 광장으로 보이는 넓은 공간에 수백 명의 병력이 집결해 있었다.

진형도 잘 갖춰져 있어서 하나의 작은 전장을 보는 것만 같았다.

-발각당했습니다!

기척을 숨기려는 노력을 하지 않았기 때문에 금세 발각되었다. 리슈발트의 경고가 끝나기 무섭게 공격 마법과 화살 세례가 쏟아졌다.

"퍼부어라! 놈이 전진하지 못하게 화력을 아끼지 마라!"

하사관의 목소리가 작은 전장에 울려 퍼졌다.

그러나 성준은 비처럼 쏟아지는 화살 세례에도 침착했다. 모두 피할 자신이 있기도 했고 화살 따위는 그가 입고 있는 사제복을 뚫을 수 없었다.

"접근을 허용하면 안 된다! 캐스팅을 쉬지 마라!"

거점 지휘관의 호령에 마법사들이 시전한 공격 마법들이 성준을 향해 쏟아졌다.

-저들에게 주군의 위엄을 보여주실 때입니다.

리슈발트의 말에 성준도 냉소를 머금은 채 고개를 끄덕였다. 그는 고속 이동술을 펼쳤다.

"사라졌다!"

"찾아!"

"사주경계!"

병사들이 사방을 경계했지만 성준의 모습을 찾아볼 수 없었다. 기사들조차 찾지 못했다. 고속 이동술을 펼쳐 거리를 단숨에 좁히는 것과 동시에 은신 아이템을 사용했기 때문에 찾을 수 있을 리가 없었다.

"마법사 부대는 탐색 마법을 전개해라!"

지휘관의 외침이 마법사 부대에 전달되려는 순간이었다. 그들을 향해 날아온 오러 참격이 모든 것을 뒤흔들어놓았다.

"크아악!"

"으아악!"

마법사들이 비명을 내지르며 피를 쏟아냈다.

성준의 기습을 감지하고 방어 마법을 펼칠 정도의 실력자가 없었던 것이었다. 일격에 마법사 15명 중 6명이 전투가 불가능한 상태가 되었다. 상황을 지켜보고 있던 거점 지휘관의 얼굴이 하얗게 질렸다.

마법사 부대의 위치는 지휘부와 가까웠다. 그것은 즉, 성준이 지휘부도 바로 노릴 수 있다는 것을 의미했다.

"최우선 전달 사항이다! 지휘부로 집결!"

결국 그는 자신의 안전을 중시한 나머지 진형을 무시하고 지휘부에 병력을 재집결시키는 잘못된 판단을 내리고 말았다.

"거점 지휘관님의 명령이다! 즉시 지휘부로 집결한다!"

"지휘부를 사수하라!"

병력이 이동하면서 무너진 진형의 틈으로 성준이 고속 이동술을 펼쳐서 침투했다.

진형이 멀쩡했다면 다소 성가신 교전을 거쳐야만 했을 것이다.

거점 지휘관이 지휘부 사수를 위해 병력을 재집결시키라는 명령을 내린 것은 결과적으로 전멸을 재촉하는 신호탄이 되었다.

"마, 막아……! 크하악!"

"너무 강합니다!"

성준은 순식간에 지휘부와 가까운 곳까지 침투했다. 기사들이 막기 위해 급히 움직였지만 역부족이었다. 성준이 검을 한 번 휘두를 때마다 기사들의 피가 허공에 흩뿌려졌다.

"바, 반드시 막아야 한다!"

"우리는 제국의 기사다! 두려움을 버려라!"

기사들은 분전했지만 상대가 되지 않았다. 성준이 휘두르는 검에 허무하게 죽어갔다.

"제기랄!"

허수아비처럼 저항조차 못하고 쓰러지는 기사들의 모습을 보며 거점 지휘관은 욕설과 함께 검을 뽑아 들었다.

그의 검에서 희미한 오러가 빛났다.

겁쟁이처럼 보이지만 그는 제국의 정예 기사 집단 중 하나인 은사자 기사단에 소속되어 있었다.

"아, 안 보여……."

하나 막상 검을 뽑았지만 성준의 움직임을 좇을 수 없었다. 맞설 수 없다는 두려움에 손이 떨렸다.

그가 망설이는 동안 지휘부 사수를 위해 투입되었던 기사단이 전멸하고 성준이 침투했다.

"죽어라!"

거점 지휘관을 근접 호위하고 있던 기사가 검을 뽑아 들고 달려들었지만 성준은 움직이지 않았다.

그는 기사의 검이 목 가까이 접근했을 때에야 비로소 발걸음을 떼며 입을 열었다.

"미안하지만……."

옆으로 걸음을 밟으며 검을 회피했다.

"내 눈에 너는 멈춰 있는 것 같아."

그 말이 기사가 이승에서 들은 마지막 말이었다.

성준의 말이 끝났을 땐 이미 그의 검이 기사의 목을 자르고 지나간 뒤였다.

"막아라!"

거점 지휘관의 명령에 지휘부를 구성하고 있는 인원이 일제히 무기를 뽑아 들고 성준에게 달려들었다.

그것은 자살행위나 다를 바 없었다.

"크악!"

"크윽!"

성준이 휘두른 검에 3명의 지휘관과 5명의 장교, 그리고 11명의 하사관이 쓰러졌다. 마침내 거점 지휘관 홀로 남았고 다른 병사들은 쉽게 접근하지 못했다.

"화, 황제 폐하 만세!"

그는 두려움을 잊기 위해 황제를 찾으며 성준에게 쇄도했다. 그 모습을 보며 성준은 냉소를 머금은 채 입을 열었다.

"그 잘난 황제를 위해서 죽어라."

그것은 마치 섬광과도 같은 찌르기였다. 칼끝이 거점 지휘관의 두개골을 꿰뚫었다.

-보스를 공략했습니다. 계속 진행할 수도 있고 여기서 끝낼 수도 있습니다.

리슈발트가 물었다. 성준은 잠깐 고민 끝에 입을 열었다.

"목격자를 남겨 두면 안 되겠지?"

-옳은 말씀입니다.

성준의 의견에 리슈발트도 고개를 끄덕였다.

"황제 폐하 만세!"

"제국에 승리의 영광을!"

병사들과 살아남은 소수의 기사들은 두려움을 잊기 위해 황제를 찾으며 성준에게 돌격했다.

그들을 향해 성준의 검이 바쁘게 움직였다.

"커헉!"

"크하악!"

병사들이 힘없이 쓰러지고 얼마 지나지 않아서 마지막까지 버티던 기사도 일격조차 막아내지 못하고 죽었다.

-각성 던전을 클리어하셨습니다. 동조율이 1% 상승해서 32%가 되었습니다.

주변 풍경이 녹아내리고 공략을 끝냈던 던전의 보스방으로 돌아왔다.

성준은 마정석이 들어 있는 차원 주머니를 한 차례 점검한 뒤 리슈발트를 보며 입을 열었다.

"달라진 거 있나?"

혹시나 싶어서 질문한 것이었다.

-동조율 32%라 되면서 제한적인 질풍검의 사용이 가능해졌습니다.

"질풍검이라…… 뭐가 제한되는 건지 말해봐."

질풍검에 대해서는 기억하고 있었다. 다만 어느 정도로 제한되어 있는지, 그것이 궁금했다.

성준의 물음에 리슈발트는 잠깐 고민하는가 싶더니 입을 열었다.

-돌격 속도와 거리가 대폭 줄어든 상태입니다. 저도 정확하게는 알 수 없습니다. 직접 사용해 보는 수밖에 없을 것 같습니다.

"그 정도면 충분해. 고맙다."

둘의 대화를 끝났고 성준이 걸음을 옮기려는 순간이었다.

-새로운 아이템의 존재를 확인.

계측기가 뒤늦게 반응했다.

"로엘인가……?"

성준은 바로 짐작할 수 있었다. 그는 자신의 검, 로엘을 뽑아서 계측기 앞에 가져갔다. 그리고 계측기의 감정 기능을 사용했다.

[각성한 로엘]

B급.

변형 효과 확인.

경량화 효과 확인.

출혈 저주 효과 확인.

잠재 능력 확인.

전생 각성 효과 확인.

이름이 '깨어난 로엘'에서 '각성한 로엘'로 바뀌어 있었고 변형 옵션이 추가되었다. 성준은 추가된 옵션을 사용하기 위해 로엘을 들어 올렸다.

"변형."

시동어를 내뱉기 무섭게 그의 검 로엘이 작아지더니 검은빛을 띤 반지가 되었다.

“쓸 만하네.”

헌터들은 무기 휴대가 허용된다고는 하지만 검을 들고 다닌다는 것은 여간 부담스러운 게 아니었다. 이제 휴대가 편해졌으니 다행이었다.

“가자.”

성준은 리슈발트를 보며 말하며 발걸음을 옮겼다.

이윽고 던전을 나온 그는 스마트폰에 메시지가 한 통 도착한 것을 확인할 수 있었다.

[우리 같이 저녁 먹어요.]

은주의 메시지였다.

7장
S급 던전

메시지를 확인한 성준은 은주와 식사하자는 약속을 했던 것을 뒤늦게 떠올렸다.

"가야 하려나……."

-다음 전투를 위해 적당한 휴식은 필요합니다. 주군께서도 잘 알고 계시잖습니까?

"그건 그렇지."

실전 경험이 풍부한 성준은 휴식이 얼마나 중요한지 잘 알고 있었다.

[얼마 전에 S급 던전이 하나 생겼어요. 제가 다른 공략팀이랑 같이 우선 점유를 신청했어요. 시간이 된다면 이 이야기도 하고 싶어요.]

성준이 메시지를 읽었음에도 답장을 보내지 않자 은주가 재차 메시지를 보냈다. 그녀가 보낸 메시지 내용을 확인한 성준의 마음이 움직였다.

성준은 A급 헌터였기 때문에 S급 던전의 솔플 신청이 불가능했다.

'S급 던전, 공식적인 공략 기록이 있으면 레이팅도 많이 높아지겠지……?'

침식 던전은 S급 던전으로 인정될 만큼 마정석이 많이 나오기는 했지만 공식적인 기록은 A급으로 인정되어 있었다.

A급 던전을 무사히 클리어하기만 해도 레이팅이 많이 오르지만 S급 던전과 비교할 수 있을 정도는 아니었다.

[장소와 시간 메시지로 보내주세요.]

성준은 A급 헌터였기 때문에 한 단계 위인 S급 던전의 매칭을 신청할 수는 있지만 S급 던전이 워낙 희귀하고 정규 공략팀이나 길드에서 우선 점유권을 많이 써서 확보하는 경우가 많기 때문에 일정을 잡는 게 힘들었다.

은주의 제안을 기회라고 생각한 성준은 답장을 보냈다. 그리고 얼마 지나지 않아서 은주가 장소와 시간을 메시지로 보냈다.

"리디스 호텔이라……."

재벌들이난 돈 많은 헌터들이 자주 이용하는 곳이었다.

'하긴, S급 헌터니까 많이 벌 거야.'

성준은 은주가 S급 헌터라는 사실을 뒤늦게 기억해 내고는 고개를 끄덕였다. 성준도 적게 버는 편은 아니었지만 S급 헌터의 벌이는 상상을 초월할 정도였다.

'내가 사는 것도 아닌데 비싼 곳에서 먹으면 좋지.'

성준의 입가에 미소가 번졌다.

오피스텔로 돌아온 그는 헌터닷컴에 접속해서 최근 출현한 S급 던전에 대한 정보를 수집했다.

헌터닷컴에 올라온 정보들은 모두 S급 던전의 출현이 사실이라고 말하고 있었지만 성준은 확신을 가지기 위해 현성에게 전화를 걸었다.

-김현성입니다.

현성이 전화를 받았다.

"김 팀장님, 얼마 전에 서울에 S급 던전이 출현했다던데…… 사실입니까?"

-예, 사실입니다. 저희 팀에서 던전 관리국에 조사 인력을 지원했기 때문에 확실하게 알고 있습니다.

"그러면 최은주 씨의 정규 공략팀 '디케'가 이번에 출현한 S급 던전에 대한 우선 점유권을 인정받았다는 것도 맞습니까?"

-예, 최은주 씨의 정규 공략팀 '디케'와 백하연 씨의 '로열크로스'가 공동으로 우선 점유권을 행사해서 인정받았습니다.

현성의 말에 성준은 백하연에 대한 기억을 더듬어보았다. 그녀가 랭킹 10위의 S급 헌터라는 사실은 워낙 많이 들어서 확실하게 기억하고 있었다.

마침 전원이 켜져 있는 컴퓨터를 앞에 두고 있었기 때문에 성준은 헌터닷컴에서 그녀의 정보를 검색했다.

공개된 장소였기 때문에 상세한 정보를 알아낼 수는 없었지만 그녀가 보조계 헌터이며 랭킹 11위 길드인 '임페리얼'의 부길드장이라는 것 정도는 어렵지 않게 알아낼 수 있었다.

다만, 그녀가 어떤 사람인지는 알 수 없었다.

'직접 만나보면 알겠지.'

성준은 느긋하게 생각하기로 했다.

현성과의 통화를 끝낸 성준은 잠시 헌터닷컴을 둘러보며 시간을 보냈다. 시간은 빠르게 흘러 은주와 만나기로 약속한 시간이 되었다.

성준은 헌터 세단을 타고 나와 리디스 호텔로 향했다.

"들어가셔도 좋습니다."

리디스 호텔은 한국에서 가장 고급스러운 호텔답게 무장 경비들이 지키고 있었다. 가능성은 낮지만 근처에서 레이드 상황이 발생하게 될 경우 호텔 투숙객들을 지키기 위해서였다.

그 외에도 던전 레이드의 출현과 함께 한국의 치안이 낮아졌기 때문이기도 했다. 과거와 달리 이제 한국에서도 무장 경비의 모습을 자주 찾아볼 수 있게 되었다.

"성준 씨! 여기예요!"

로비에서 기다리고 있던 은주가 성준을 발견하고는 반가운 표정으로 손을 흔들었다. 그 모습이 마치 기다리던 주인의 모습을 발견하고는 꼬리를 흔드는 강아지 같았다.

성준은 자신이 늦었나 싶어서 시간을 확인했지만 아직 약속 시각 20분 전이었다.

"일찍 오셨네요."

"할 일도 없고, 심심해서요. 그래서 먼저 와서 기다리고 있었어요."

성준의 물음에 은주는 배시시 웃으며 대답했다. 뭐가 그렇게 좋은지 입가에 미소가 떠날 줄 몰랐다.

그런 그녀의 모습을 보며 성준은 그저 좋은 일이 있었나 보다 싶었다.

"배고프죠? 우리 어서 들어가요."

은주의 제안에 성준은 고개를 끄덕였다.

두 사람은 호텔 레스토랑에서 식사를 하면서 대화를 나눴다. 대화의 시작은 가벼웠지만 이내 S급 던전과 관련된 이야기가 시작되었다.

"하연이 아시죠? 이번에 같이 S급 던전 공략하기로 했어요."

은주는 하연과 친한 사이였다. 그래서 서로를 부를 때 스스럼없었다.

"파티 편성은 어떻게 됩니까?"

성준이 물었다. 파티 편성은 던전 공략에 있어서 가장 중요한 문제 중 하나였다. 은주는 싱긋 웃으며 입을 열었다.

"S급은 저랑 하연이에요. 그리고 A급은 성준 씨를 포함해서 13명이에요."

"적당하네요."

성준은 고개를 끄덕였다. S급 던전을 공략하기에 충분한 인원이었다.

"총 15명이네요."

"보조계 한 명, 마법계 한 명, 회복계가 2명이에요."

인원뿐만 아니라 구성도 나쁘지 않았다. 특히 한국의 보조계 헌터 중에서는 최초로 S급을 달성한 백하연이 있으니 파티의 전투력이 크게 상승할 것이다.

S급 보조계 헌터와 A급 보조계 헌터의 버프는 차이가 심했다.

"저랑 하연이는 성준 씨가 꼭 합류해 주시길 바라고 있어요."

"10% 추가 정산을 해주신다면 긍정적으로 생각해 보겠습니다."

성준의 대답에 은주는 고운 아미를 살짝 찌푸렸다. 어느새 식사는 끝나고 후식이 나오고 있었다.

성준이 후식을 서둘러 정리하고 의자에서 일어나려는 순간이었다.

"잠깐만요."

은주가 성준을 불렀다.

성준은 의자에 다시 앉았다. 그의 입가에 희미한 미소가 번졌다.

"10% 추가 정산해 드릴게요. 우리랑 같이 가요."

"좋습니다. 공략 일정은 언제입니까?"

"일주일 뒤에요. 하지만 출발하기 전에 '아이언'에서 한 번 호흡을 맞춰볼 생각이에요. 회원권은 있죠?"

은주의 물음에 성준은 고개를 끄덕였다.

"물론입니다."

"헤헤. 고마워요."

은주는 배시시 웃음을 흘렸다. 성준과 함께할 수 있어서 기분이 좋았다.

"식사도 끝난 것 같으니…… 슬슬 일어날까요?"

"이대로 헤어지긴 아쉬운데…… 우리 술이나 한잔할래요? 여기 바가 괜찮아요."

"술이요?"

"네."

은주의 제안에 성준은 짧은 고민에 빠졌다. 그러고 보니 그

동안 바빠서 술을 입에 댄 적이 없었다.

과거에는 돈이 없었고 최근에는 정신적인 여유가 없었다.

-주군께서는 술을 많이 즐기셨습니다. 과음은 좋지 않지만 가끔 기분 전환이 목적이라면 상관없을 것 같습니다.

리슈발트가 말했다. 그의 목소리는 다른 이들한테는 들리지 않았지만 성준에게는 분명히 전달되었다.

성준은 대답 대신 아무도 눈치채지 못할 정도로 고개를 아주 작게 끄덕였다. 옆에 은주가 있었기 때문에 작은 목소리라도 대답을 했다가는 미친 사람 취급을 받을 수도 있었다.

"최은주 씨가 사는 건가요?"

성준은 능글맞게 웃으며 물었다. 수백만 원을 호가하는 식사를 대접받았으니까 술 정도는 살 의향이 있었다.

호텔의 바가 비싸긴 하겠지만 그녀의 제안으로 인해서 S급 던전을 공략하면 정산받게 될 금액이 훨씬 많기 때문에 상관없었다.

하지만 성준의 예상과 달리 그녀는 앙증맞은 지갑에서 금색의 카드를 꺼내며 눈웃음을 흘렸다.

"오늘은 기념일이니까, 제가 살 거예요."

"기념일이요?"

"그런 게 있어요."

성준의 물음에 은주는 특유의 미소를 흘리며 호텔 바로 성준을 안내했다. 리디스 호텔의 바답게 상당히 고급스러운 인테리어를 자랑했고 비싸 보이는 양주가 가득했다.

두 사람이 자리를 잡고 앉자 은주는 능숙하게 주문했다. 양주와 안주가 나오자 두 사람은 사소한 대화를 나누면서 술과 안주를 즐기기 시작했다.

'맛있다…….'

비싼 양주라서 그런지 목 넘김부터 달랐다. 여유가 없어서 술을 즐기지도 않았지만 가끔씩이나마 마실 때도 소주만 마셨던 그로선 처음 느끼는 맛이었다.

"여기 괜찮죠?"

은주의 물음에 성준은 고개를 끄덕일 수밖에 없었다. 쉬지 않고 술잔이 채워지고 취기가 오르려는 찰나였다.

"강성준 씨?"

익숙한 목소리가 들리는 방향으로 고개를 돌리자 그곳에 정장 차림의 설아가 서 있었다. 그녀는 뜻밖의 만남에 놀란 얼굴이었다.

"누구예요?"

은주의 눈동자에서 여러 감정이 섞여 혼란스럽게 흔들렸다. 성준은 차분한 표정으로 입을 열었다.

"아는 사람입니다."

그렇게 대답하고는 설아를 향해 입을 열었다.

"윤설아 씨? 여기는 무슨 일이십니까?"

"그냥…… 그냥 왔어요."

설아는 어색한 미소를 애써 숨기며 대답했다. 숨기려고 노력은 했지만 속상한 일이 있는 것인지 어두운 표정은 그대로 드러났다.

"그렇군요. 좋은 시간 보내세요."

친한 친구였다면 합석을 권했을지도 모르겠지만 성준은 설아와 그런 사이가 아니었기 때문에 곧바로 고개를 돌렸다.

"아……."

설아의 목소리에서 아쉬움이 묻어 나오고 있었다. 그녀 스스로도 그것을 깨닫고 놀랐다.

'내가…… 내가 왜…….'

시선이 자꾸만 은주에게 향했다. 은주도 그 사실을 깨달은 것인지 성준을 향해 의미심장한 눈빛을 보냈다.

설아는 그 모습을 보니 발걸음을 뗄 수가 없었다. 이유는 알 수 없었지만 신경 쓰였다.

"합석해도 될까요?"

그녀의 물음에 성준은 은주에게 시선을 보냈다. 그녀는 대답 대신 희미한 미소와 함께 고개를 끄덕였다.

"합석해도 될 것 같습니다."

성준이 은주의 의사를 대신 말했다.

"고마워요."

설아는 성준의 옆자리에 앉았다. 그 모습을 본 은주가 눈동자를 동그랗게 뜨며 입을 열었다.

"여, 여기 앉으세요!"

그 모습에 설아는 입꼬리를 끌어 올렸다.

"괜찮습니다. 이 자리가 편한걸요."

그러면서 성준의 옆에 조금 더 붙자 은주는 입술을 살짝 깨물었다. 분한 마음을 달래기 위해 양주를 단숨에 들이켰다.

"천천히 마셔요."

설아가 말했다.

가벼운 도발이었지만 은주는 넘어가고 말았다. 그녀는 쉬지 않고 달리기 시작했다. 그리고 그것을 도전으로 받아들인 설아도 양주를 연이어 들이켰다.

성준이 잠시 자리를 비웠다가 돌아왔을 때는 이미 너무 늦고 말았다.

설아와 은주는 인사불성이 되어서 의미를 알 수 없는 단어를 불규칙적으로 쏟아내고 있었다. 그 모습을 본 성준은 작게 한숨을 내쉰 뒤 객실을 잡을 수밖에 없었다.

은주는 낯선 공간에서 깨어났다.

"너무 많이 마셨나 봐……."

정신을 차리는 것과 동시에 느껴지는 두통에 그녀는 눈살을 잔뜩 찌푸렸다. 인간의 한계를 초월한 헌터라도 과음의 숙취를 피해갈 수 없었다.

강한 정신력으로 숙취를 몰아낸 그녀는 주변을 살폈다. 넓은 객실의 침실에 있었고 옆에는 누군가 누워 있었다.

이불이 전신을 가리고 있어서 누군지 알 수는 없었다.

"서, 성준 씨……?"

마지막 기억을 더듬은 은주는 성준이라고 예상하고 조심스럽게 그의 이름을 불렀다. 여러 감정이 교차했다.

"성준 씨?"

다시 한번 그를 불렀지만 대답이 없었다. 그녀는 조심스럽게 이불을 벗겨보았다. 그곳에는 성준이 아닌, 설아가 잠들어 있었다.

은주의 얼굴에 실망한 기색이 역력했다.

두 사람을 호텔에 던져두고 나온 성준은 뒤도 돌아보지 않고 차를 타고 오피스텔로 돌아왔다.

-아쉽지 않으십니까?

리슈발트가 물었다. 자세한 설명은 없었지만 성준은 그가 무엇을 말하는 것인지 알 수 있었다.

그는 차분한 표정으로 입을 열었다.

"관음 당하는 취미는 없어서."

리슈발트는 언제나 그의 곁을 따라다닌다. 도움이 되는 충직한 부하지만 가끔은 불편할 때도 있었다.

-저를 다른 곳으로 정찰 보내면 되지 않았겠습니까?

성준은 미처 생각하지 못한 명쾌한 해답이었다.

"헛수고하게 하는 건 안 되지."

-감사합니다, 주군.

다음 날, 은주에게서 메시지가 도착했다. S급 헌터 랭킹 10위인 백하연의 정규 공략팀 '로열크로스'와의 연습 일정에 대한 내용이 적혀 있었다.

호텔에서 있었던 일은 기억이 안 나는 것인지, 아니면 모르는 척하는 것인지 언급이 없었다.

성준은 후자라고 생각했다.

"공략 연습이라……."

성준은 처음 해보는 것이었지만 높은 난이도의 던전을 2개 이상의 정규 공략팀이 연합해서 공략할 땐 호흡을 맞춰보기 위해 연습하는 경우가 많았다. 공략 연습은 처음 해보기 때문에 성준은 현장에서 당황하지 않기 위해 헌터닷컴에서 정보를 검색했다.

'생각보다 별거 없네……?'

헌터닷컴에는 많은 정보가 있었다. 성준은 긴장했지만 특별한 건 없었다.

헌터닷컴을 끄고 의자에서 일어나기 무섭게 메시지가 도착했다는 알림음이 울렸다.

[강성준 씨, 덕분에 좋은 밤 보냈어요. 고마워요.]

설아였다. 많은 의미가 담겨 있는 메시지였다. 성준이 메시지를 확인하고 답이 없자 그녀는 메시지를 하나 더 보내왔다.

[조만간에 '공식적으로' 한 번 더 찾아갈게요. 할아버지의 압박이 심해져서 말이에요.]

[던전 공략 일정이 하나 잡혀 있습니다. 끝나면 연락을 드리죠.]

[기다릴게요.]

대화가 끝났다. 성준은 일찍 휴식을 취했다.

곧 은주, 그리고 하연과 만나기로 한 날이 찾아왔다.

연습이 있기 전에 성준과 은주, 그리고 하연이 먼저 만나서 잠시 이야기를 나누기로 했었다.

약속 장소는 아이언 수련장 근처의 카페였다. 시간이 다가오자 성준은 차를 몰고 아이언으로 향했다.

'없네.'

주차를 끝낸 뒤 카페로 들어가 안을 살폈지만 은주와 하연의 모습은 보이지 않았다. 그는 아메리카노를 주문해서 마시면서 두 사람을 기다렸다.

5분이 지나기 전에 두 사람이 카페 안으로 들어왔다.

성준을 먼저 발견한 은주는 잠깐이지만 얼굴을 붉혔다. 다행히 성준이 보기 전에 수습할 수 있었다.

"서, 성준 씨……!"

은주는 성준을 향해 손을 흔들며 달려왔다. 하연도 그녀를 뒤따라 다가왔다. 긴 머리를 붉게 물들인 그녀는 성준을 보며 부드러운 미소와 함께 고개를 살짝 숙였다.

"반가워요, 강성준 씨. 저는 백하연이라고 해요."

이유는 알 수 없었지만 반가워하는 목소리에서 호의가 섞여 있었다. 두 사람은 아메리카노를 주문해 가지고 와서 성준의 앞에 앉았다.

"이야기를 시작하기 전에, 차규태를 죽여줘서 고맙다고 말하고 싶어요."

하연이 말했다.

성준은 커피를 한 모금 마신 뒤 입을 열었다.

"개인적인 원한이라도 있었습니까?"

"네. 저 말고도 성준 씨를 보면 고마워할 사람이 많을 거예요."

그녀는 대답과 함께 씁쓸한 미소를 머금었다. 자세한 사정은 설명하지 않았지만 원한이 깊다는 것은 짐작할 수 있었다. 그동안 차규태의 행실을 보면서 원한을 가진 사람이 한둘은 아닐 것이라고 생각했지만 이렇게 만나게 될 줄은 몰랐다.

"차규태랑 무슨 일이 있었는지 '아직은' 말할 수는 없지만 하연이가 성준 씨한테 많이 고마워하고 있어요."

은주가 짧은 설명을 덧붙였다.

노리고 한 일은 아니었다. 성준은 쑥스러운 것인지 대답 대신 고개를 끄덕일 뿐이었다.

그 모습을 보며 은주와 하연도 미소를 지었다.

"그럼 이제 본론으로 들어갈까요?"

하연이 회의를 리드했다. 파티의 편성과 던전에서 주로 사용될 진형 같은 것을 의논했다. 회의 시간은 1시간이었지만 짧게 느껴졌다.

회의가 끝나고 세 사람은 수련장의 로비로 발걸음을 옮겼다. 그곳에서 다른 파티원들과 함께 모이기로 했었다.

"다들 모여 있었네요?"

은주가 자신의 팀원들을 보며 반가움을 표현했다. 하연도 미소를 지으며 '로열크로스'의 팀원들과 합류했다.

S급 던전 공략을 위해 모인 파티원의 수는 성준과 은주, 그리고 하연을 포함해서 15명이었다. 마법계와 보조계가 각각 1

명씩, 그리고 회복계가 성준을 포함해서 2명이었으며 전투계가 11명이었다.

"강성준 씨, 반갑습니다. 저는 '로열크로스'의 부팀장을 맡고 있는 이기훈이라고 합니다."

푸른 로브를 입고 둥근 안경을 쓴 남자가 성준에게 다가와 악수를 청했다. 스스로를 정규 공략팀의 부팀장이라고 소개한 그는 임페리얼 길드의 간부이기도 했다.

"저도 반갑습니다."

두 사람은 가볍게 악수를 했다. 은주와 하연은 성준에게 각자의 정규 공략팀에 소속된 팀원들을 소개해 주었다.

"대형 가상 전투 시스템실을 예약해 두었습니다. 올라가시죠."

아이언 수련장에는 파티 단위의 수련을 위한 시설도 마련되어 있었다.

"이기훈 씨 빼고 우선 1명씩 전투력 점검 좀 하고 들어갈게요!"

은주가 말했다. 마법계 헌터인 기훈은 기술적인 문제 탓에 가상 전투 시스템을 이용할 수 없었다.

그를 제외한 다른 파티원들은 한 명씩 들어가서 가상의 마물과 전투를 펼쳤다. 다른 파티원들은 관전 모드를 켜고 차례를 기다리면서 안의 상황을 살폈다.

"이제 강성준 씨 차례예요."

하연이 말했다.

마침내 성준의 차례가 온 것이었다. 그는 가상 전투 시스템 수련실의 관전 모드를 켜고 안으로 들어갔다.

출현할 적은 밖에서 랜덤 설정해 둔 상태였다. 수련용 검을 집어 들자 A급 인간형 마물인 정령사가 모습을 드러냈다.

"소환."

푸른 로브를 입고 후드를 깊게 눌러쓴 정령사는 등장과 동시에 스태프를 흔들어 불꽃 수호병 4기를 소환했다.

붉은 화염이 깃든 검과 방패를 든 불꽃 수호병 4기는 성준을 보며 새빨간 안광을 빛냈다.

'여전히 진짜 같네.'

성준은 짧게 감탄했다.

정령사는 시간을 끌수록 상대하기 까다로워지는 마물이었다. 시간을 끌 이유는 없었기 때문에 성준은 지체 없이 정령사를 향해 쇄도했다.

첫 번째 소환 이후 캐스팅 중인지 그는 곧바로 두 번째 정령들을 소환하지 못했다.

"하앗!"

불꽃 수호병들과 순식간에 거리를 좁힌 성준이 짧은 기합과 함께 수련용 검을 휘둘렀다. 가상의 오러가 불꽃 수호병의 방패와 함께 상체를 절단했다.

남은 불꽃 수호병들도 허무하게 쓰러졌다.

"헉……!"

후드 아래로 드러난 정령사의 얼굴에 당혹감이 서렸다. 성준은 이렇게 디테일한 모습까지 구현하는 가상 전투 시스템의 기술력에 감탄했다.

"소…… 커헉!"

찰나의 순간, 정령사는 캐스팅을 끝내고 소환을 외치려 했지만 성준의 내찌른 수련용 검이 그의 흉부를 먼저 꿰뚫었다.

소환사는 검붉은 피를 한 움큼 토해내며 한 차례 몸을 부르르 떨더니 소멸했다. 그가 토해낸 피가 옷에 묻었지만 소멸과 함께 옷에 묻었던 피도 깔끔하게 사라졌다.

"대단합니다!"

"A급 마물이 이렇게 빨리 사냥당하는 모습은 처음 봐요!"

성준이 수련실을 나오자 밖에서 수련실 내부와 연결된 모니터를 통해 관전하고 있던 파티원들이 박수를 치며 감탄했다.

"차규태를 죽인 게 운은 아니었군요."

하연이 말했다. 그녀는 보조계 헌터였지만 S급 헌터였다. 방금 전, 짧은 관전이었지만 성준의 실력이 결코 A급이 아니라는 것 정도는 알 수 있었다.

그건 은주 역시 마찬가지였다.

'아무리 낮게 잡아도 A급 최상위야……'

성준을 알게 된 지 얼마 되지 않았지만 그에 대한 것은 미스

터리투성이였다.

"이제 협동 연습을 시작할게요."

하연의 말이 끝나기 무섭게 파티원들이 대형 수련실에 들어가 연습을 시작했다. '디케'와 '로열크로스'는 가끔씩 던전 공략을 함께한 적이 있었기 때문에 호흡이 잘 맞았다. 성준은 디케와는 호흡을 맞춰보았지만 로열크로스와는 처음이었다.

하지만 그의 풍부한 실전 경험은 처음부터 그들과 같은 소속이었던 것처럼 자연스럽게 녹아들게 해주었다.

"강성준 씨, 정말 대단했어요. 처음부터 저희랑 같이 다닌 것 같았어요."

수련이 끝나고 회식 자리에서 '로열크로스'의 팀원이 말했다. 다른 이들도 고개를 끄덕였다. 모두가 놀랄 정도로 성준의 적응력과 센스는 뛰어났다.

성준은 말없이 술잔을 기울일 뿐이었다.

회식이 끝나고 며칠 뒤, 그들은 S급 던전 입구에 모였다.

합동 공략팀의 지휘는 총 셋이 맡았다.

전방 지휘는 은주가 맡았고 중앙 지휘는 하연이 맡았다. 마지막으로 후방의 지휘와 안전은 성준이 책임지게 되었다.

"다들 너무 긴장하지 마요."

은주가 부드럽게 다독였지만 무거운 침묵은 여전했다. 파티원 중 S급 던전을 '공식적'으로 경험해 본 헌터는 은주와 하연이 유일했다.

비공식적인 S급 던전 공략까지 합하면 성준도 포함되지만 그럼에도 불구하고 수가 적은 것은 마찬가지였다. 그래서 모두 긴장할 수밖에 없었다.

하지만 긴장할 뿐 두려움에 떨지는 않았다. 모두 던전 공략 경험이 풍부한 헌터들이었으니까.

"던전에 진입하겠습니다!"

던전 입구가 열리고 지하로 내려갔다. 다른 던전과 달리 지하에는 넓은 공동 대신에 하나의 게이트가 있었다.

"필드형 던전인 것 같네요. 게이트에 오르면 필드로 이동할 거예요."

공략 난이도가 올라갈수록 던전도 다양한 모습으로 그들을 반겼다. 다른 필드로 이동하는 던전 또한 흔하지는 않지만 분명 존재했다.

다들 긴장한 표정이었지만 게이트에 올라갔다. 그리고 강력한 '힐'이 발현된 것처럼 찬란한 백색의 섬광이 그들을 덮쳤다.

눈을 떴을 땐 넓은 평원의 한가운데였다.

"팀장님! 이런 경우는 어떻게 해야 합니까?"

누군가 물었다.

"마력이 강하게 느껴지는 곳에 보스가 있으니까 그곳으로 가면 돼요."

은주가 대답했다. 다행히 그녀와 하연은 필드형 S급 던전의 공략 경험이 있었다.

"리자드맨이다!"

멀지 않은 곳에서 기척이 느껴졌다. 그리고 누군가 마물의 출현을 알렸다.

기척은 적어도 수십 이상. 성준의 시선이 기척이 느껴지는 방향으로 향했다. 마물의 정체는 리자드맨 중에서도 B급 마물에 속하는 철갑병이었다.

"61마리!"

S급 던전답게 시작부터 던전에 비해 낮은 등급이긴 하지만 많은 수의 마물이 모습을 출현했다.

"오러 켜요!"

두꺼운 철갑옷으로 무장한 리자드맨 철갑병은 상대하기 까다로운 마물이었지만 파티의 전투계 헌터들 대부분이 오러 사용자였다.

파티원들이 들어 올린 무기들에서 찬란한 오러가 빛났다.

성준은 아직 검을 뽑지 않았다. 그의 역할은 후위에서 마법계 헌터인 기훈과 보조계 헌터인 하연, 그리고 회복계 헌터인

임수영을 안전하게 지키는 것이었다.

하연은 S급답게 보조계 중에서도 전투력이 뛰어난 편이었지만 호위가 필요한 건 사실이었다.

"궁수도 있어요!"

"주술사도 5마리 있습니다!"

헌터들이 경고했다. 화살과 공격 주술이 그들을 노렸지만 부상자는 발생하지 않았다.

"여기서 버프는 쓰지 않겠습니다!"

하연이 말했다. 수는 많았지만 상대는 대부분이 B급 마물이었다. S급 헌터의 강력한 버프는 과했다.

다들 동의하는지 고개를 끄덕이며 마물들과의 충돌에 대비했다.

"인페르노."

고위 마법에 속하는 인페르노가 기훈이 시동어를 내뱉는 것으로 완성되었다. 지면을 뚫고 솟구친 용암과 화염에 마물들이 휩쓸렸다.

"캬아아아악!"

화염에 휩싸인 리자드맨 철갑병들이 고통에 찬 비명을 내지르며 몸부림쳤지만 마법의 불꽃은 좀처럼 꺼질 줄 몰랐다.

-리자드맨 철갑병 45마리가 전투 불능 상태입니다.

리슈발트가 보고했다. 성준은 대답 대신 고개를 끄덕였다.

마물 무리에도 주술사가 있었지만 그들은 고위 마법인 인페르노를 막을 수단이 없었다. 주술로 얼음과 물을 쏟아부었지만 효과는 없었다.

"남은 놈들 온다! 정신 바짝 차려!"

누군가 외쳤다.

동료들의 죽음에 분노한 리자드맨 철갑병들이 무서운 기세로 돌진해 오고 있었다.

기훈은 인페르노의 남은 불길을 마력으로 조종해서 리자드맨 궁병들과 주술사들을 처리했다.

이윽고 리자드맨 철갑병들과 파티원들 간에 전투가 벌어졌다.

쾅!

전원 A급 이상의 헌터들로 구성되어 있어서 그런지 전투는 화려했고, 순식간에 끝을 고했다. 리자드맨 철갑병들은 파티원들의 상대가 되지 못했다. 성준과 파티의 다른 회복계 헌터인 수영이 힐을 사용할 필요도 없었다.

"정리 완료!"

"마정석 회수할게요!"

파티원들은 부지런하게 움직였다. 성준은 가능하면 차원 주머니의 존재를 숨기고 싶었기 때문에 메고 온 가방에 마정석을 집어넣었다.

"진행할게요!"

은주가 외침과 함께 먼저 발걸음을 옮겼다.

'경로는 잘 잡고 있네.'

강한 마력이 느껴지는 방향으로 정확히 파티원들을 인도하는 은주의 모습에 성준은 안도했다. 만약 그녀가 길을 제대로 못 잡았다면 성준이 나섰을 것이다.

"숲으로 진입합니다. 사주경계 확실하게 하세요."

파티는 초원을 지나 숲에 진입했다. 그리고 리자드맨 무리와 한 번 더 조우하게 되었다. 이번에도 50마리를 넘는 규모였다.

"윈드 커터!"

숲은 불이 쉽게 번져서 아군까지 피해를 입을 수도 있기 때문에 기훈은 화염계 마법을 사용하는 대신 상위 마법인 '윈드 커터'를 사용해 마물들의 수를 줄였다. 광역 공격에 효과적인 화염 마법만큼은 아니었지만 마물의 수가 꽤나 줄어든 상태에서 전투가 벌어졌다.

-다들 실력이 뛰어납니다. 이 정도면 기사 여단의 최정예 기사들과 비교해도 손색이 없을 정도입니다. 여단의 서열로 따지면 440위에서 500위 사이의 실력입니다.

리슈발트의 객관적인 평가였다. 성준은 대답 대신 고개를 끄덕였다. 그가 보기에도 파티원들의 실력은 뛰어났다.

두 번째 전투도 피해 없이 끝났다. 파티는 소수의 경계 인원을 제외하고 마정석을 루팅했다. 성준도 마정석을 루팅하다 멀지 않은 곳에서 뭔가를 감지하고 고개를 들었다.

'기척……?'

고도로 절제된 기척이었다. 마법의 힘을 빌린 것인지 마력의 유동도 희미하게 느껴졌지만 모든 것이 감지하기 힘들 정도로 은밀한 기동이었다.

"뭔가 옵니다!"

성준은 루팅을 멈추고 위험을 경고했다.

"마력 반응은 없어요."

"확신할 수 있습니다. 수는 알 수 없지만 기습하려고 마물들이 움직이고 있습니다."

경계를 맡고 있던 기훈이 탐색 마법을 펼쳤지만 수상한 점은 찾을 수 없었다.

하지만 성준은 확신할 수 있었다.

"강성준 씨를 믿으세요!"

은주가 성준을 강하게 지지했다. 예전에 침식 던전에서 그와 함께 사선을 넘었던 그녀는 성준을 믿고 있었다.

은주의 말은 가볍지 않았다. 모두 루팅을 중단하고 전투를 준비했다. 그들이 준비를 끝내기 무섭게 무수히 많은 나무들 사이에서 수십 개의 단검이 날아들었다.

"오러 실드!"

방패를 든 파티원이 앞으로 나섰다. 그가 방패를 들어 올리며 외치자 거대한 오러 실드가 생성되어 단검 세례를 막아냈다.

'오러다.'

성준은 투척된 단검에 깃든 오러를 볼 수 있었다. 단검에 오러를 실어서 던질 정도라면 전투 능력이 뛰어난 마물일 것이다.

마물의 정체는 알 수 없었지만 성준은 A급이라고 조심스레 추측했다.

"마물이다!"

누군가 외쳤다.

단검을 투척하는 행위로 인해 은신의 효과가 사라지고 기습을 가한 마물들의 모습이 드러났다.

인간과 비슷한 모습, 하지만 비늘로 덮여 있는 피부는 그들이 인간이 아니라는 것을 대신 말해주고 있었다.

"용족이에요!"

그들은 A급 마물에 속하는 용족이었다.

당장 모습을 드러낸 용족의 수는 일곱이었지만 성준은 더 있을 거라고 생각했다.

그는 기훈을 보며 입을 열었다.

"은신 마법을 시전했던 마법사가 숨어 있을 겁니다. 찾아내서 제거해야 합니다!"

"알겠습니다!"

기훈은 고개를 끄덕이며 대답했다. 성준이 용족의 기습을 미리 알아채고 경고한 덕분에 이제 그도 성준의 말을 신뢰하기 시작한 것이었다.

기훈은 탐색 마법을 정밀하게 펼쳤고 성준은 날카로운 시선으로 주변을 훑었다. 용족 다섯이 더 모습을 드러냈고 멀리서 리자드맨들로 추정되는 마물 무리가 빠르게 접근해 오고 있었다.

"크악!"

부상자가 발생했다. 수영보다 성준이 먼저 반응했다. 그는 비명이 들린 곳으로 왼손을 뻗으며 입을 열었다.

"힐!"

백색의 빛무리가 부상자에게 깃들었다.

"히, 힐량이……!"

부상 때문에 후방으로 물러나려던 파티원은 성준의 힐 덕분에 빠르게 회복하여 다시 전투에 합류했다.

"버프를 사용할게요. 블레스!"

적들이 만만치 않다고 판단한 하연은 버프의 사용을 결정하고 시전했다. 강력한 버프가 파티원들에게 깃들었다.

성준은 마력의 한계가 늘어나고 회복량이 급격하게 상승하는 것을 느꼈다. 그뿐만 아니라 몸도 가벼워지고 힘도 세졌다.

'이게 S급 보조계 헌터의 버프인가……?'

성준이 감탄했다.

다른 파티원들의 움직임이 눈에 띄게 좋아졌다. 이제는 용족들을 압도하고 있었다.

"찾았습니다!"

용족들이 비명을 내지르며 쓰러지고 있을 때, 기훈은 용족 마법사를 찾아내 마법으로 공격했다.

치열한 마법전이 시작되었다.

"더 옵니다!"

성준이 경고했다.

마법전이 시작되면서 용족 마법사의 집중이 분산되자 은신의 장막 뒤에서 기회를 엿보고 있던 용족들이 노출되었다.

그들은 그 사실을 뒤늦게 깨닫고 오러가 빛나는 검을 휘두르며 후위로 침투했다.

"후위가 공격당한다!"

누군가 외쳤다.

하연은 검을 뽑아 들었지만 오러가 보이지 않았다. S급이지만 보조계 헌터라서 오러를 사용하지 못하는 것이다.

전위에서 싸우고 있던 파티원 2명이 후위로 합류하려고 했지만 성준은 손을 들어 올려 그들을 막으며 입을 열었다.

"오지 마세요. 제가 처리하겠습니다."

성준은 오른손을 들어 올리며 마력을 끌어 올렸다.

"변형."

반지가 검이 되었다. 그리고 선명한 오러가 깃들어 일렁거렸다.

"슬래시!"

그는 오러 참격으로 용족들을 분산시킨 뒤 고속 이동술을 펼쳐서 일순간 거리를 좁혔다.

"허억!"

어느새 코앞까지 다가온 성준 탓에 용족들은 헛바람을 삼켰다. 용족 셋이 성준을 막기 위해 검을 휘둘렀다.

세 방향에서 동시에 쇄도하는 검들을 막아내는 것은 힘들어 보였다.

'질풍검을 쓸까?'

짧은 순간, 성준은 고민했지만 이내 고개를 저었다.

질풍검은 전진하면서 검풍을 일으키는 돌파형 검술이었다. 지금 상황에서 사용하면 후위와 거리가 벌어지면서 그들을 지키기 힘들어질 것이다.

'섬광 베기'로는 한 명의 공격의 공격만 분쇄할 수 있다. 그렇다면 남은 수단은 하나다. 성준은 마력을 끌어 올리며 시동어를 내뱉기 위해 입을 열었다.

"환영검."

환영의 칼날이 쇄도했다. 용족들의 검격을 막아냈을 뿐만 아니라 그들의 상체에 치명상을 입혔다.

'가벼워!'

S급 보조계 헌터의 버프 덕분인지 평소보다 빠르게 움직일

수 있었다.

"크허억!"

"컥!"

용족들이 고통에 찬 비명을 내지르며 쓰러졌다.

"보, 보이지 않았어……!"

그 모습을 본 기훈은 경악했다. 비록 전투계는 아니었지만 그는 A급 마법계 헌터였다. 거기다가 블레스 버프까지 받아서 모든 신체 능력이 크게 증폭된 상태였는데도 성준이 용족들에게 가한 치명적인 일격을 두 눈으로 좇지 못했다.

진형의 후위를 기습하려고 했던 용족 셋이 몰살당했다.

"흡수."

성준은 그들에게서 마력을 흡수했다. 그리고 열심히 '힐'을 시전하고 있는 수영을 보며 입을 열었다.

"잠시 파티의 힐을 맡겨도 되겠습니까?"

"부상자가 많지 않아서 저 혼자서도 될 것 같기는 한데…… 무슨 일이에요?"

수영이 물었다. 성준은 검지로 전방을 가리켰다.

"리자드맨 무리가 오고 있습니다. 수는 100마리 정도. 참격을 날려서 수를 줄일 생각입니다."

가만히 놔둬도 파티가 알아서 처리하겠지만 성준은 전투에 최대한 개입해서 마력을 많이 흡수할 생각이었다.

"그러면 제가 힐을 맡을게요."

"잠깐만 부탁하겠습니다."

"저야말로 잘 부탁드려요."

성준은 검을 들어 올렸다. 중무장한 리자드맨 철갑병들이 모습을 드러냈다.

"슬래시!"

검을 크게 휘두르며 외치자 오러 참격이 리자드맨 무리를 휩쓸었다. 선두가 전멸하고 전열이 무너졌다.

그들이 재정비를 끝내기 전에 마법전을 끝낸 기훈이 먼저 마법을 완성했다. 얼음의 창 수십이 그들의 급소를 노리고 쇄도했다.

"카하아악!"

리자드맨 철갑병들이 쓰러졌다. 용족들은 이미 전멸했다. 파티원들은 진형이 무너진 리자드맨 무리를 향해 달려들었다.

광휘의 검이라는 이명을 가진 은주가 선두에서 리자드맨 철갑병들을 사냥했다. 그녀가 백색의 오러로 빛나는 검을 휘두를 때마다 리자드맨 철갑병들이 허무하게 쓰러졌다.

"정리를 끝냈습니다."

철갑병과 주술사 등으로 구성된 리자드맨 무리를 전멸시키는 것은 어렵지 않았다.

파티는 마정석을 루팅하고 10분의 짧은 휴식을 취하기로 했다. 둥글게 모여 앉아 휴식을 취했다.

"강성준 씨가 아니었으면 기습에 당할 뻔했습니다. 탐색 마법으로도 잡아내지 못한 기척을 잡아내다니…… 정말 대단합니다!"

기훈은 성준에게 다가와 그의 활약에 감탄했다.

"맞아요. 성준 씨가 아니었으면 힘들었을 거예요."

은주도 나섰다.

"리자드맨 무리의 진형을 무너트린 오러 참격의 타이밍도 좋았어요."

"괜히 헌터닷컴에서 이슈가 아니었네요."

"그러게 말이에요! 저는 이렇게 잘 싸우는 회복계는 처음 봐요!"

감탄은 휴식 시간이 종료될 때까지 끝나지 않았다. 이윽고 휴식 시간이 끝나자 그들은 다시 발걸음을 재촉했다.

"앞에 뭔가 있습니다."

성준의 말에 기훈은 고개를 끄덕이며 입을 열었다.

"강한 마력 반응입니다."

"수는요?"

하연이 물었다.

"하나."

"한 마리인 것 같습니다."

성준과 기훈이 동시에 대답했다.

8장
용의 둥지(1)

"강한 마력 반응이 하나…… 보스인가요?"

"보스라고 하기엔 마력 반응이 작고 벌써 나올 타이밍도 아닙니다."

누군가가 보스가 아닐까 하고 조심스레 추측했지만 기훈이 반박했다. 성준도 그와 같은 의견이었다.

"중간 보스라고 하기에도 너무 이른데……."

"설마 초대형 마물일까요?"

수영이 불안한 목소리로 말했다.

거대한 몸집을 자랑하는 초대형 마물은 동급의 마물 중에서도 상대하기 까다로운 부류에 속했다.

"초대형 마물은 아닌 것 같고 대형 마물 정도일 겁니다."

성준은 수영을 안심시켰다.

“마력이 안정되어 있습니다. 아직 우리의 접근을 눈치채지 못한 것 같습니다.”

“그러면 우회하는 게 좋지 않을까요?”

파티원 한 명이 제안했다. 대형 마물은 희귀한 편이기 때문에 현재 파티원 중에서도 사냥 경험이 있는 경우가 거의 없었다. 그래서 다들 긴장하고 있었고 가능하면 우회하고 싶어 했다.

“여기서 잠깐만 쉬죠.”

하연은 휴식을 선언하는 것과 동시에 성준과 은주, 그리고 기훈을 불렀다.

“우회하는 게 좋을까요?”

하연의 물음에 성준은 고개를 저으며 입을 열었다.

“우회하면 얼마나 돌아가야 할지 장담할 수 없습니다. 그 과정에서 더 많은 마물이 기다리고 있을 수도 있겠죠.”

“같은 의견입니다. 대형 마물이 크긴 하지만 협동하면 어렵지 않게 잡을 수 있습니다.”

기훈이 성준의 의견을 지지했다. 그는 레이드 상황에서 대형 마물의 사냥 경험이 있었다. 그래서 다른 파티원들에 비해 자신감이 있었다.

“대형 마물은 드랍되는 마정석의 순도가 더 높죠. 다들 좋아할 겁니다.”

기훈이 마지막을 장식했다.

"결정됐네요. 은주야, 파티원들한테 말해줄래?"

"그렇게 할게."

하연의 부탁으로 은주가 모두에게 회의 내용을 전파했다. 다행히 반대는 나오지 않았다. 파티는 대형급으로 추정된 마물을 잡기 위해 긴장감 속에서 전진했다.

그들이 수풀을 헤쳐 가며 걸음을 옮긴 지 얼마 지나지 않아서 강대한 마력의 주인공이 모습을 드러냈다.

"지룡……."

누군가 작은 목소리로 마물의 정체를 내뱉었다. 몸을 웅크린 채 잠에 빠져 있는 마물의 정체는 S급에 속하는 '지룡'이었다.

"대형 S급이면 쉽지는 않겠네요."

"S급은 대형은 잡아봤습니다. 생각보다 어렵지는 않아요."

수영의 말에 기훈이 대답했다.

"반원형으로 둘러싸서 기습하는 게 좋겠어요. 버프를 준비할게요."

하연의 지시에 파티원들은 반원으로 퍼져 지룡과의 거리를 좁혔다. 기습이 성공하는가 싶었지만 기척을 느낀 지룡이 눈을 뜨고 말았다.

크아아아아!

침입자를 발견한 지룡이 거대한 입을 열고 포효했다.

약한 드래곤 피어가 섞여 있었다. 파티에서 가장 약한 2명이 위태롭게 비틀거렸다. 지룡은 영악하게도 그 순간을 놓치지 않았다.

그는 비틀거리는 파티원 2명을 향해 고개를 돌렸다. 그리고 뜨거운 화염을 토해냈다.

"불의 가호!"

하연은 그들에게 불길이 닿기 전에 화염 저항을 올려주는 버프를 시전했다. 버프는 제대로 들어갔지만 지룡이 내뿜은 화염 세례를 막기에는 역부족이었다.

"크아아악!"

다행히 한 명은 오러 실드로 막았지만 다른 한 명은 뜨거운 화염에 휩싸여 쓰러졌다. 그는 고통에 찬 비명을 토해내며 몸을 마구 비틀었다.

"힐!"

곁에 있던 파티원이 휴대용 소화기를 꺼내 불을 껐고 성준은 서둘러 '힐'을 시전했다. S급 헌터인 하연의 버프 덕분에 화상이 깊지 않았다.

'지룡'의 전투력을 생각해 볼 때 하연의 버프 없이 브레스를 맞았다면 전신이 녹아내렸을 것이다.

'이게 S급 헌터의 버프인가……?'

던전 공략 초반에 사용했던 블레스 버프의 효과도 좋았었다. 성준은 감탄했다.

"으으으……."

치유가 시작되면서 고통도 수그러들었는지 비명도 잦아들었다. 화상은 빠른 속도로 회복되었다.

방패를 든 파티원이 엄호하는 동안 다른 이들이 화상을 입은 파티원을 구출했다.

"회복 속도가 엄청 빨라요."

"그러게…… 바로 합류할 수도 있을 것 같네."

성준의 힐량은 동급의 회복계 헌터보다 높았다. 그래서 중상을 치유하는 속도도 빨랐다.

보통의 경우 중상을 입으면 회복에 시간이 오래 걸리기 때문에 전투에서 이탈하여 다음 전투에나 참여하는 경우가 많았지만 조금만 있으면 곧바로 합류할 수 있을 정도로 회복 속도가 빨랐다.

'강성준 씨의 힐량이 엄청나…… S급 헌터라고 봐도 되겠어……'

후위로 옮겨진 부상 입은 파티원의 회복 속도를 본 수영은 다시 한번 놀랄 수밖에 없었다.

그녀는 회복계 헌터라서 잘 알고 있었다. 이 정도의 힐량이 나오려면 아무리 낮게 잡아도 A급 최상위였으며 조금 높게 잡으면 S급이라는 것을.

"아이스 스피어."

기훈은 침착하게 마법을 완성했다. 허공에 생성된 4개의 아이스 스피어가 지룡의 머리를 노리고 쇄도했다.

하지만 지룡이 다시 한번 브레스를 쏟아내자 허무하게 녹아 버렸다.

"블레스!"

하연의 버프를 신호로 파티가 총 공세를 시작했다.

"뭐야! 왜 이렇게 빨라!"

"침착하세요!"

지룡은 비행이 불가능한 용이었다. 하지만 움직임이 생각보다 빨라서 상처를 입히기 힘들었다. 날카로운 가시가 돋쳐 있는 꼬리를 휘두르고 날갯짓을 하며 위협하는 탓에 쉽게 접근할 수 없었다. 심지어 브레스의 사용 간격도 짧았다.

"뭔가 옵니다!"

성준이 기척을 느끼고 경고했다. 버프를 유지하고 있던 하연이 성준의 옆으로 다가왔다.

"어디에요?"

"하늘, 아주 빠르게 접근 중입니다."

성준은 짧게 대답했다. 기훈은 지룡을 견제하느라 탐색 마법을 펼칠 여력이 없었지만 굳이 그럴 필요도 없었다.

11마리의 비룡이 하늘에서 나타났으니까.

"비룡이다!"

“젠장! 포효 듣고 왔나 봐!”

지룡의 상대만 해도 버거운데 A급에 속하는 마물, 비룡의 등장에 일부 파티원이 패닉에 빠졌다.

11마리면 수도 적지 않았다.

비룡 무리는 바람을 가르며 날아와 빠르게 고도를 낮췄다. 그들을 노려보는 성준의 두 눈이 날카롭게 빛났다.

‘먼저 기세를 제압한다.’

그는 단검을 뽑았다. 그리고 무리의 ‘리더’로 보이는 비룡을 향해 단검을 투척했다. 매서운 기세로 바람을 가르며 날아가는 단검에는 선명한 오러가 깃들어 있었다.

콱!

오러가 깃든 단검이 비룡의 미간에 꽂혔다.

키에에에엑!

비룡은 붉은 피를 흩뿌리며 추락했다.

“굉장해요! 이렇게 먼 거리에서 단검을 맞추다니……!”

곁에서 지켜보고 있던 하연이 감탄사를 내뱉었다.

하지만 성준은 차분한 감정을 유지했다. 아직 비룡은 10마리나 남아 있었다. 기뻐하기엔 이르다고 생각했다.

-비룡 무리의 시선이 주군께 집중되고 있습니다.

리슈발트의 보고에 성준은 눈살을 찌푸렸다.

“어그로가 튀어버렸나……?”

하지만 기선 제압은 확실했는지, 당장에라도 지룡과 교전 중이었던 파티원들에게 강하할 것 같았던 그들이 허공에서 둥글게 맴돌며 눈치를 살피고 있었다.

"저한테 어그로가 튄 것 같습니다. 다들 저한테서 멀어지는 게 좋을 것 같아요."

성준의 경고에 하연과 수영, 그리고 기훈은 그와 거리를 벌렸다. 하늘을 맴돌며 기회를 엿보고 있던 비룡 무리가 성준을 노리고 일제히 강하했다.

"회수."

단검이 회수되었다. 성준은 그것을 다시 투척했다. 투척된 단검은 가장 앞에서 쇄도해 오던 비룡의 목에 꽂혔다.

비룡은 힘없이 추락했다.

'이제 9마리.'

성준은 검을 들어 올렸다. 단검 투척으로 수를 더 줄이고 싶었지만 거리가 너무 가까워졌다. 코앞까지 접근한 비룡들은 날카로운 발톱을 세우고 성준을 공격했지만 오러 앞에서는 무의미했다.

키에에에엑!

캬하아악!

무리가 성준을 스치고 지나치며 공격을 시도할 때마다 비룡 서넛이 오러에 베여 땅에 처박혔다. 성준은 그들이 자신을 향해 공격을 시도할 때마다 부드럽게 회피하며 반격했다.

'이제 하나.'

홀로 남은 비룡은 도주를 시도했다. 하지만 성준이 마력 공급원을 돌려보낼 리가 없었다. 그는 왼손을 들어 올리며 입을 열었다.

"회수."

회수된 단검을 투척했다. 바람을 가르며 날아간 단검은 비룡의 두개골을 부수고 들어가 뇌를 찔렀다.

힘없이 추락하는 비룡을 보며 성준은 시체들에서 마력을 흡수했다. 전부는 아니지만 소모된 체력과 마력의 일부가 회복되었다.

그는 지룡과 전투 중인 파티원들 쪽으로 고개를 돌렸다.

'거의 끝났네.'

지룡은 전신에서 피를 흘리고 있었다. 파티원 중에서도 부상자가 3명 있었지만 수영이 놓치지 않고 치유를 해준 덕분에 죽은 이는 없었다.

"하앗!"

파티원들을 상대하느라 지룡이 빈틈을 보이자 은주가 짧은 기합과 함께 도약하여 등에 올라탔다.

S급 헌터답게 빈틈을 노리는 실력이 예술이었다. 그녀는 백색의 오러가 빛나는 검으로 지룡의 척추를 끊어놓았다.

캬하아아악!

지룡이 비명을 지르며 쓰러졌다. 파티원들이 무기를 들고 달려가 난도질을 했다. 얼마 버티지 못하고 지룡의 숨이 끊어지자 파티원들이 환호했다.

“아이템이 나왔어요. 입찰할 사람 있어요?”

마정석 외에 아이템이 드랍되면 파티에서 처리하는 방법은 크게 두 가지였다. 현장에서 경매를 진행하거나 던전 관리국에 매각한다.

두 경우 모두 아이템으로 발생한 수익은 균등하게 파티 전체에 분배된다. 다만, 전자의 경우 아이템을 낙찰받은 파티원은 분배에서 제외된다.

“백하연 씨, 잠깐 쉬는 게 좋지 않겠습니까?”

성준은 하연에게 제안했다.

그는 아직 멀쩡했지만 다른 파티원들은 지룡을 상대하느라 조금 지친 것 같았다. S급 던전에서는 무슨 일이 벌어질지 모르기 때문에 휴식을 자주 취해서 최상의 컨디션을 유지해야 했다.

“그렇게 하는 게 좋을 것 같네요.”

하연도 고개를 끄덕였다.

“잠깐 쉴게요!”

은주가 휴식의 시작을 알리자 파티원들이 모여들어 힘없이 주저앉았다. 2명이 경계를 맡고 나머지는 휴식을 취했다.

"강성준 씨가 비룡들의 어그로를 끌어주지 않았다면 저희 측 피해가 컸을 겁니다."

"단검 투척술이 굉장하던데요?"

"지룡만으로도 힘들었는데, 비룡까지 상대했다면…… 어휴…… 생각만 해도 끔찍합니다."

파티원들은 성준에게 감사를 표했다. 그들은 실전 경험이 적지 않았다. 그래서 성준이 얼마나 대단한 일을 했는지 잘 알았다. 그가 어그로를 끌지 않았으면 자신들이 큰 피해를 입었을 확률이 높았다는 것도 말이다.

그들의 칭찬과 감탄에도 성준은 대답 대신 미소를 지을 뿐이었다. 자칫 잘못하면 자만하는 걸로 보일 수도 있기 때문에 주의했다.

"휴식 끝! 진행할게요!"

은주가 말했다. 그들은 계속해서 던전 공략을 진행했다. 적들은 강력했지만 성준의 활약으로 어렵지 않게 돌파할 수 있었다.

-동조율 33%입니다.

용족과 리자드맨들로 구성된 마물 무리를 소탕하고 마력을 흡수하자 리슈발트가 동조율이 상승했다는 사실을 보고했다.

"침식 던전보다 난이도가 높은 것 같습니다."

성준의 말에 은주가 고개를 끄덕였다.

"S급 던전에도 티어는 구분되니까요."

"보스가 어떤 녀석이 나올지 기대되네요."

긴장감을 낮추고 분위기를 환기시키기 위해 가벼운 웃음을 흘렸다.

"드래곤만 아니었으면 좋겠어요."

은주가 말했다.

드래곤은 SS급 마물로 살아 있는 재앙이나 다름없었다. S급 던전에서 보스로 출현할 확률은 희박했지만 0%는 아니었기 때문에 경계할 필요가 있었다.

"아마 해츨링 정도일 겁니다."

해츨링도 상대하기 까다로운 마물에 속하지만 드래곤에 비하면 양반이었다.

"곧 보스입니다."

기훈이 말했다.

하연은 그를 보며 입을 열었다.

"얼마나 남았어요?"

"전투가 발생하지 않는다면 2시간 정도 거리입니다."

기훈의 대답에 파티원들은 공략 완료까지 얼마 남지 않았다는 사실을 깨닫고 안도했다. 30시간 이상을 던전에 있었다.

'지칠 만하지.'

성준은 고개를 끄덕였다.

난이도가 올라갈수록 규모 또한 커지기 때문에 던전 안에 머무르는 시간이 많아진다. 극심한 경우 던전 우울증이 찾아오면서 전투력을 상실하는 경우도 있기 때문에 자주 휴식을 취하면서 멘탈을 관리하는 것은 필수였다.

'전투가 발생하지 않는다면 2시간 거리지만…… 그럴 가능성은 낮아.'

2시간 정도의 거리가 남았다는 것에 집중한 다른 파티원들과 달리 성준은 냉정하게 접근했다. 어디까지나 '전투가 발생하지 않는다면'이라는 전제가 붙었다.

'상식적으로 생각해 볼 때 보스를 앞두고 전투가 발생하지 않을 리가 없지.'

보스방에 하수인 마물이 없더라도 근처에는 일종의 파수꾼 역할을 하는 마물들이 언제나 존재했다.

이번에도 마찬가지일 것이다. 단지 파티원들은 곧 나갈 수 있다는 희망을 좇기 위해 그 사실을 고의적으로 망각하고 있는 것이었다.

'마물이다……!'

성준은 마물의 기척을 느끼고 고개를 들어 올렸다. 전방 하늘에서 다수의 마물이 날아오는 게 느껴졌다.

"비룡입니다!"

기훈이 경고했다.

"숨어요!"

하연의 외침에 다들 몸을 숨겼다. 비룡 무리의 수는 적었지만 그들은 정찰병에 불과했다. 발각되는 순간 괴성을 질러 동료들을 불러 모은다.

S급 던전의 마물들의 이동이 자유롭기 때문에 가능한 일이었다.

달려온 지원군에 3번이나 크게 당할 뻔했기 때문에 경각심은 하늘을 찌를 듯 높았다.

비룡 무리가 지나가고 파티는 다시 보스가 있는 것으로 추정되는 곳을 향해 바쁘게 걸음을 옮겼다.

-주군, 근처에 마물이 가득합니다. 우회는 불가능합니다.

정찰을 다녀온 리슈발트가 보고했다.

성준은 대답 대신 고개를 끄덕이고는 하연과 기훈에게 다가갔다.

"수는 정확하게 알 수 없지만 앞에 마물이 있습니다."

"꽤 많은 것 같습니다. 우회하기는 힘들 것 같습니다."

성준의 말에 기훈이 정밀 탐색 마법으로 전방을 살피고는 말했다.

"싸우는 수밖에 없겠네요."

하연은 입술을 살짝 깨물었다.

그녀는 파티원들의 상태를 살폈다. 30시간 이상을 던전 안에서 보낸 탓에 다들 지쳐 있었다. 그러고 보니 식사 시간도 얼마 남지 않았고 하늘도 어둠에 물들고 있었다.

"여기서 식사하면서 잠깐 쉴게요."

하연의 말에 다들 차가운 바닥에 앉아 가져온 마른 식량을 꺼내 먹으며 휴식을 취했다.

성준은 휴식하면서도 경계를 늦추지 않았다.

초반에 만났던 것처럼 용족들이 은신 마법에 숨어서 은밀하게 침투할 가능성도 높았다. 하지만 성준의 걱정과는 달리 휴식 시간 동안 적의 기습은 없었으며 보스 주위를 지키고 있는 마물 무리가 더 이동하지도 않았다.

'그래도 침식 던전과는 확실히 다르네.'

던전을 지키는 마물들이 A급 이하 던전에 비하면 자유롭게 이동하는 편이었지만 침식 던전과 비교하면 제한적이었다.

"이제 곧 마물 무리와 마주칠 겁니다. 팀장님, 어떻게 하시겠습니까?"

기훈이 말했다. 그의 말대로 가파른 내리막길 아래에 다수의 마물이 대기하고 있었다. 마력과 기척이 감지되었다.

조금 전에 성준이 말했던 우회가 불가능한 마물 무리였다. 이 무리만 돌파하면 보스가 있는 곳에 도달할 수 있을 것이다.

하연은 다시 성준과 은주, 그리고 기훈을 불러 모았다.

"기습은 힘들겠죠?"

하연이 대화를 시작했다.

기습이 성공한다면 적에게 큰 피해를 입힐 수 있겠지만 성준은 고개를 저었다.

“힘들 겁니다. 마물들의 마력이 긴장되어 있는 걸 보니, 파티의 존재를 눈치채고 있어요.”

“우와, 강성준 씨…… 그런 것도 알 수 있어요?”

“어쩌다 보니 알게 되었습니다.”

은주의 감탄에 성준은 희미한 미소를 그린 채 답했다.

“이런 경우, 기습은 효과적이지 않죠.”

성준의 설명에 모두 고개를 끄덕였다. 어설프게 기습을 시도하다가 반격당하면 큰 피해를 입을 게 분명했다.

“역시 정공법이 좋겠어요.”

하연이 말했다.

그녀는 회의가 끝나고 파티원들에게 계획을 알렸다.

“마물의 수는 어떻게 됩니까?”

“꽤 많아요. 100마리 정도 되는 것 같아요.”

은주의 대답에 파티원들이 술렁거렸다. S급 던전에서 보스로 가는 길을 지키는 100마리 이상의 마물 무리라면 최소 B급에서 A급의 마물로 구성되어 있을 게 분명했다.

S급 마물도 섞여 있을 것이다. 사상자가 발생할 확률이 매우 높았다.

"100마리면 너무 많은 것 같은데……."

누군가 말했다. 혼잣말에 가까운 말투였지만 목소리가 커서 모두가 들을 수 있었다. 다른 파티원들도 그의 말에 고개를 끄덕이며 동조했다.

"지금까지 해온 것처럼 하면 피해 없이 돌파할 수 있을 거예요."

하연이 흔들리는 파티원들을 다독였다. 그들이 안정을 되찾자 그녀는 계획을 자세히 설명했다.

기훈이 공격 마법을 캐스팅하는 것을 신호로 사냥을 시작한다는 것이었다.

"다들 준비해요."

은주가 말했다.

공격 마법을 캐스팅하기 시작하면 마물 무리도 움직일 것이다. 그럼 본격적인 전투가 시작된다.

"캐스팅하겠습니다."

기훈이 공격 마법을 캐스팅하자 마물 무리가 움직였다. 성준은 하연의 곁으로 다가갔다. 전투가 발생하면 일부 무리가 근접전에 취약한 헌터들이 모여 있는 후위를 노릴 가능성이 높았다.

"나왔다!"

"블레스!"

마물 무리가 수풀을 헤치고 모습을 드러냈다. 하연의 말대로 100마리가 넘는 숫자였다. 리자드맨 철갑병과 주술사도 섞여 있었지만 절반 가까이가 용족으로 구성되어 있었다.

S급 마물에 속하는 용족 마검사도 3마리 보였다. 그들은 유창한 이계어로 부하 용족들에게 지시를 내리며 단숨에 파티원들과의 거리를 좁혔다.

"단숨에 돌파한다!"

용족 마검사 중 리더로 보이는 자가 이계어로 외쳤다. 파티원들이 구축한 전위의 방어를 뚫고 후위를 치려는 속셈인 듯했다.

"크아악!"

"으아악!"

그들은 A급 헌터 2명을 일격에 쓰러트리고 후위로 진입했다. 성준은 검을 들어 올리는 것과 동시에 다친 파티원들을 향해 왼손을 뻗었다.

"힐."

용족 마검사들은 전위의 살상보다 돌파에 중점을 두고 있었기 때문에 치명상은 아니었다. 상처가 빠르게 회복되는 모습을 보이자 그들은 후위를 돕기 위해 달려오려 했다.

하지만 성준은 손을 들어 올려 그들을 제지했다.

"전위를 지켜요. 두 명이나 빠지면 위험합니다."

"하지만 후위가……."

"제가 처리하겠습니다."

"강성준 씨가……? 그렇다면 맡기겠습니다!"

성준과 함께 S급 던전을 공략하면서 그의 우수한 전투력을 두 눈으로 똑똑히 보았다. 그래서 믿고 맡길 수 있었다.

"돌파했다! 이제 우리의 승리다!"

리더가 들뜬 목소리로 말했다. 하지만 그들은 몰랐다. 후위에는 전위의 모두를 합친 것보다 전투력이 우수한 '힐러'가 있다는 것을.

동조율이 오르면서 이계어를 완전히 익힌 성준은 그의 말을 알아들었다.

그리고 그들의 자만에 명백한 비웃음을 흘렸다. 그 모습을 본 리더는 인상을 구기며 입을 열었다.

"죽음이 앞에 보이니 실성했나 보구나."

그 말에 리슈발트는 검자루로 손을 가져갔지만 그가 할 수 있는 것은 아무것도 없었다.

성준은 차분한 표정으로 검을 들어 올려 자세를 취했다.

"닥치고 와라."

"이계어?"

성준이 구사하는 유창한 이계어에 당황하는 것도 잠시였다. 리더는 두 눈을 빛내며 성준을 향해 쇄도했다.

동시에 화염구 10개가 생성되어 성준을 노렸다. 다른 2명의 용족 마검사는 하연과 기훈을 노리는 듯했다.

"죽어라!"

리더가 날카로운 목소리로 외치며 쇄도했다.

10개의 화염구가 사방에서 성준을 덮쳤다. 하지만 그는 당황하지 않고 리더에게 집중했다. 화염구는 눈속임에 가까울 정도로 마력이 약했지만 리더의 검은 성준에게 치명상을 입힐 수도 있었다.

"큭!"

"화염구를……?"

화염구가 성준의 몸을 가격했지만 성준은 사제복의 방어력을 믿고 버텼다. 약한 마력으로 구성된 화염구였기 때문에 부상은 깊지 않았다.

성준은 자신을 향해 쇄도하는 리더의 검을 받아 넘기며 입을 열었다.

"환영검."

"무, 무슨……!"

여섯 개의 환영검이 동시에 쇄도하자 용족 마검사 리더는 크게 당황했다. 그는 5개의 환영검을 간신히 방어해 냈지만 나머지 하나가 그의 목을 깊숙이 베었다.

"커, 커헉!"

리더가 힘없이 쓰러지고 성준은 다른 용족 마검사를 향해 움직이려는 순간이었다.

-크르르르.

그의 검, 로엘이 낮은 울음소리를 흘렸다. 처음 있는 일이었지만 상황이 급박하게 돌아가고 있어서 신경 쓸 여력이 없었다.

그는 곧바로 다른 용족 마검사를 공격했다. 하연과의 합격으로 그를 처치한 뒤, 기훈과 전투 중인 용족 마검사를 향해 검을 겨눴다.

"질풍검."

고속 이동술을 펼친 것보다 빨랐다. 순식간에 거리가 좁혀지고 검풍이 일어나 용족 마검사의 배후를 쳤다.

"크아악!"

용족 마검사가 피투성이가 되어 쓰러졌다.

기훈은 마법계 헌터였지만 근접 전투 실력이 우수한 편이었다. 그래서 그와 전투를 벌였던 용족 마검사는 다소의 부상을 입은 상태였을 뿐만 아니라 다른 곳에 신경 쓸 여력도 없었기 때문에 성준의 기습을 허용하고 말았다.

용족 마검사들을 처리하자 남은 마물들은 어렵지 않게 처리할 수 있었다. 부상자가 계속해서 발생한 탓에 성준은 쉬지 않고 힐을 사용해야만 했다.

"힐!"

또 누군가 쓰러졌고 성준은 힐을 사용했다. 마력의 소모가 많았지만 용족 마검사에게서 마력을 흡수한 덕분에 버틸 수 있었다.

보스에게 가는 길을 지키는 마물 무리를 전멸시킨 파티는 이윽고 거대한 동굴 입구에 도달했다.

"보스가 안에 있습니다."

기훈의 말에 성준은 고개를 끄덕였다. 안에서 강한 마력이 느껴졌다.

"매복하고 있을 겁니다. 불을 질러서 나오게 만들죠."

"좋은 생각이에요."

성준의 제안에 하연은 고개를 끄덕였다. 그리고 기훈을 보며 입을 열었다.

"이기훈 씨, 화염계 마법 부탁해요."

기훈은 대답 대신 스태프를 휘둘렀다. 동굴 안으로 화염이 쏟아졌다.

키에에에에엑!

날카로운 울음소리와 함께 뭔가가 동굴 밖으로 튀어나왔다.

"크아아악!"

맨 앞에 있던 파티원 한 명이 날카로운 것에 베인 것인지 피를 흩뿌리며 쓰러졌다. 성준은 그를 향해 왼손을 뻗었다.

"힐!"

상처가 빠르게 치유되기 시작했지만 중상이라서 당장 전투에 합류하는 것은 무리였다.

"블레스!"

"파이어 스피어!"

하연이 모두에게 버프를 걸었고 기훈은 보스를 향해 파이어 스피어를 쏘았다.

키에에에엑!

하지만 방어 마법진이 생성되어 파이어 스피어를 막아냈다. 공중에서 우아하게 회전하며 우악스럽게 지상에 착지한 그것은.

"해츨링……."

드래곤의 새끼, S급 대형 마물 중에서도 상위에 속하는 해츨링이었다.

상위 마법을 사용할 수 있고 용아병을 소환할 수 있으며, 드래곤 피어는 못 쓰지만 브레스는 사용할 수 있는 귀찮은 존재였다.

"왼쪽을 공략할게요!"

은주가 찬란하게 빛나는 오러를 머금은 대검을 휘둘렀다. 방어 마법진이 허무하게 찢기고 그 틈으로 파티원들이 침투했다.

하지만 해츨링은 브레스를 아껴두고 있었다.

화르르륵!

"프로텍트!"

기훈이 다급하게 방어 마법을 전개하고 하연이 화염 저항을 올려주는 버프를 걸었지만 부상자가 발생하는 것은 피할 수 없었다.

"헐!"

수영이 다급하게 치유를 시전했다.

"꺄악!"

잠시 부상자들에게 시선이 집중된 사이, 해츨링은 엄청난 속도로 은주에게 쇄도하여 발톱으로 그녀를 찍어 눌렀다.

그리고 거대한 입을 벌려 그녀의 목을 뜯어버리려고 했다.

"용아병이다!"

파티원들이 접근하려 했지만 어느새 용아병 다섯이 소환되어 앞을 막았다. 용아병도 A급 마물에 속하는 마물이었다.

"강성준 씨! 은주를!"

"질풍검."

성준은 대답 대신 시동어를 내뱉었다. 고속 이동술를 펼친 것보다 빠른 속도로 용아병들을 돌파하여 해츨링의 목에 검을 꽂아 넣었다.

키에에에엑!

해츨링은 은주를 놓아주었지만 분노가 성준에게 향했다.

"크윽!"

시동어도 없이, 그야말로 순식간에 시전된 윈드커터. 바람의 칼날이 성준의 왼쪽 옆구리를 깊이 베고 지나갔다.

본능적으로 몸을 틀지 않았다면 상체와 하체가 분리되었을 것이다.

"최은주 씨, 뒤로!"

"저도 싸우겠어요."

"지금은 방해됩니다. 힐 받고 오세요."

은주의 부상은 심각했다. 그녀는 단념하고 뒤로 물러났다. 그리고 성준과 해츨링의 치열한 전투가 시작되었다.

서로의 몸에 상처가 늘어갔고 마침내 성준이 먼저 쓰러졌다. 해츨링은 마무리 일격을 준비했다.

"성준 씨!"

힐을 받고 온 은주가 다급히 개입하려 했지만 고속 이동술을 펼친다고 해도 거리가 멀었다.

-주군!

리슈발트의 외침에 성준은 필사의 각오로 방어를 시도했고, 해츨링은 강력한 마법을 캐스팅하며 동시에 발톱을 세워 성준의 머리를 노렸다.

'막을 수 없다……!'

발톱을 막더라도 상위 마법이 덮칠 것이다. 마법의 존재라고 불리는 드래곤의 새끼답게 캐스팅을 완성하고 마법을 난사하는 수준이 기관총이었다.

모든 것이 절망으로 물든 순간이었다.

성준의 검, 로엘이 눈을 떴다.

마왕성 플레이어

트레샤 퓨전 판타지 장편소설

WISHBOOKS FUSION FANTASY STORY

신들의 전장, 하멜.

집으로 돌아가기 위한 마지막 싸움.

믿었던 동료가 배신했다!

[영혼 이식의 대상을 선택해 주십시오.]

뒤바뀐 운명. 최약의 마왕. 그리고…….

"이번에는 좀 다를 거다!"

어둠 속에 날카로운 칼날을 감춘,
마왕성 플레이어의 차가운 복수가 시작된다.